W. Llewelyn Williams

Gwilym a Benni Bach

Roedd William Llywelyn Williams (1867-1922) yn newyddiadurwr, yn gyfreithiwr ac yn wleidydd yn ogystal ag yn nofelydd. Bu'n Aelod Seneddol dros Gaerfyrddin o 1906-1918.

Ysgrifennodd ei ddwy nofel yn ystod yr 1890au ac roeddynt ymhlith rhai mwyaf poblogaidd ei oes, nid lleiaf oherwydd eu portread hoffus o gefn gwlad Sir Gaerfyrddin, ac yn enwedig o dafodiaith yr ardal. Stori am blant yw *Gwilym a Benni Bach,* ac er mor syml yw'r stori yn ei hanfod mae'r portread o blant yn hoffus ac yn un o'r testunau cynharaf mewn traddodiad hir o ysgrifennu am blant yn y Gymraeg. Yn sicr gellir olrhain hanesion diweddarach gan awduron fel Winnie Parry a Kate Roberts i'r nofel fechan hon.

Llun y clawr:
Karol Wirkowski (1860-1910)
Two Boys with Harmonica

Statws Llun: Parth Cyhoeddus

ISBN:
978-1-917237-13-0

W. Llewelyn Williams

Gwilym a Benni Bach

Llyfrgell Gymraeg Melin Bapur
Golygydd Cyffredinol: Adam Pearce

MELIN BAPUR

William Llewelyn Williams A. S. (1867-1922)

Ymddangosodd y llun yn 1906.

Cynnwys

Rhagair

Wrth ymgynefino â nofelwyr Cymraeg troad yr Ugeinfed Ganrif, anodd osgoi'r teimlad y gwnaeth pob un ohonynt adael rhywbeth ar ôl heb ei ysgrifennu. Am wahanol resymau, heb unrhyw gysylltiad rhwng y naill achos a'r llall, peidiodd pob un ohonynt ysgrifennu nofelau ar yr union adeg pan ellid dweud eu bod ar eu hanterth fel nofelwyr, fel nad oedd dim un o nofelwyr Cymraeg mawr 1900 yn nofelwyr mwyach erbyn 1910. Bu farw Gwyneth Vaughan a Richard Hughes Williams. Rhoddodd T. Gwynn Jones y gorau i ryddiaith wedi iddo gefnu ar newyddiaduraeth, a chefnodd Winnie Parry ar Gymru yn gyfan gwbl.

Ysgrifenasai William Llewelyn Williams ei unig nofel aeddfed, *Gŵr y Dolau*, yn 1898, ond er iddo fyw bron i chwarter canrif eto ar ôl hynny nid ysgrifennodd nofel arall, felly rhaid ychwanegu ei enw ef i'r rhestr uchod. Gellid tybio mai'r ffaith iddo ymdroi i wleidyddiaeth oedd y rheswm iddo roi nofelau o'r neilltu. Aelod blaenllaw o *Gymru Fydd* ac o'r Blaid Ryddfrydol Gymreig, uchelgais hir i Williams oedd dod yn aelod seneddol, a daeth llwyddiant iddo o'r diwedd yn 1906 pan ddaeth yn Aelod Seneddol dros Gaerfyrddin, sedd a gadwodd hyd 1918 pan ddiddymwyd yr etholaeth; ymgeisiodd mewn is-etholiad eto yng Ngheredigion yn 1921, ond yn aflwyddiannus. Nid achosodd ei ymrwymiadau gwleidyddol iddo gefnu ar ysgrifennu'n gyfan gwbl fodd bynnag, a daliodd ati i ysgrifennu am hanes, a chyhoeddodd cyfrol fer o atgofion, *Slawer Dydd*; hwyrach felly mai dewis bwriadol i ryw raddau oedd rhoi'r gorau i'r nofel fel cyfrwng. Ond beth bynnag fu'r rheswm dros wneud hynny, ac felly peidio â chyflawni ei botensial fel nofelydd, collodd y Gymraeg nofelydd addawol o'r herwydd o farnu ar ansawdd y ddwy nofel a gwblhawyd ganddo.

Nofel syml dros ben yw'r cyntaf o'r ddwy, *Gwilym a Benni Bach*—ai nofel yw hi o gwbl? Cyfres o olygfeydd sydd yma, pob un ohonynt fwy neu lai'n hunangynhwysol, yn dilyn yr un cymeriadau ond heb ddim ond y llinyn teneuaf o blot yn eu clymu gyda'i gilydd heblaw hynny. Yn hynny o beth mae'r llyfr yn perthyn i linach gweithiau fel *Te yn y Grug* Kate Roberts, sef llyfr a ddisgrifir yn amlach fel casgliad o straeon byrion na fel nofel, er, os unrhyw beth, mae mwy o linyn storïol a datblygiad i'w gael yng nghyfrol Roberts. Mae'r un amwyster cyfrwng yn perthyn i *Sioned* gan Winnie Parry, gwaith o'r un cyfnod sydd â llawer tebygrwydd i *Gwilym a Benni Bach*. Ond peidiwn â hollti blew; mae cenedlaethau wedi cyfeirio at y llyfr fel nofel, felly gwanwn hynny hefyd. Fodd bynnag, diddorol yw nodi mai *Gwilym a Benni Bach* yw'r cynharaf o'r cyfrolau hyn o straeon am blant, yn rhagflaenu *Sioned* gan ychydig flynyddoedd.

Fel nododd yr hanesydd R. T. Jenkins wrth ysgrifennu am Williams yn y *Bywgraffiadur Cymreig*, mae tebygrwydd amlwg rhwng y nofel a *Helen's Babies* gan yr Americanwr John Habberton a gyhoeddwyd yn 1876; nofel eithriadol o boblogaidd yn ystod chwarter olaf y bedwaredd ganrif ar bymtheg ar naill ochr yr Iwerydd a'r llall. Mae'n bur debyg mai efelychu'r nofel honno oedd Williams, fodd bynnag, ni ddylid gor-bwysleisio'r berthynas rhwng y ddwy nofel. Maent ill dau'n disgrifio dau fachgen direidus ond hoffus a'u hewythr, sydd mewn cariad â'u cymydog; ond dyna ddiwedd y tebygrwydd rhyngddynt, a dylid ystyried *Gwilym a Benni Bach* yn waith gwreiddiol Cymreig ac nid yn gyfieithiad neu addasiad o unrhyw fath. Fframwaith yn unig yw'r nofel Saesneg i'r nofel Gymraeg, sgaffald y defnyddiodd i adeiladu ei nofel ei hun.

Dychymyg gwreiddiol Williams yw holl olygfeydd y llyfr Cymraeg—yn eironig ddigon, mae mwy o sôn am frodorion Americanaidd nag sydd yn y nofel Americanaidd—ac fel sy'n hollol amlwg o dudalen gyntaf *Gwilym a Benni Bach*, gwaith gyfan gwbl Gymraeg a Chymreig ydyw na allai fod wedi'i ysgrifennu mewn iaith na chyd-destun arall.

Nofel syml, felly: cyflwynir y bechgyn i ni, cawn gyfres o olygfeydd sy'n sefydlu eu cymeriadau, ac yn y diwedd cawn ddiweddglo hapus rhamantus. Hon oedd ymgais cyntaf cyw-nofelydd talentog na fyddai, hwyrach, yn gwireddu ei botensial llawn; ond o dderbyn ei gyfyngiadau, mae yna lawer iawn i'w gwerthfawrogi yma. Yn wir, yr union gyfyngiadau hyn hefyd sy'n caniatáu hefyd i'r nofel osgoi llawer o feirniadaethau y gellid anelu ati fel arall, sef y diffyg strwythur a symlrwydd y plot. Byddai nofel hirach wedi'i difetha gan y fath ffaeleddau, ond gan mor fyr yw'r stori, nid ydynt yn wendidau o dderbyn y gwaith fel y mae. I Dafydd Jenkins, roedd hyn oll yn gryfder, â naïfder y nofel yn cynrychioli (ar y cyd â *Sioned*) math o blentyndod ar ran nofel Gymraeg. Y prif gynhwysyn yn y naïfder hwn yw naturioldeb y rhyddiaith, yn enwedig y deialog, a'r defnydd helaeth o dafodiaith wrth gwrs—hwyrach mai'r nofel hon yw'r mynegiant cynharaf o obsesiwn rhyddiaith Cymraeg gyda thafodieithoedd. Y naturioldeb hwn hefyd, ynghyd â'r defnydd o ddigrifwch a chomedi, a diffuantrwydd y portreadau o gymeriadau sy'n codi'r nofel uwchlaw *kitsch*.

Fodd bynnag, gwleidydd wrth ei anian oedd Williams, yn amlwg ddigon, ac er mai comedi digon ysgafn yw hwn, nid yw'r nofelydd yn osgoi'r cyfle i gynnig sylwebaeth gymdeithasol a gwleidyddol. Er nad yw'r sylwebaeth hynny bob amser wedi'i gweu i mewn i'r nofel yn y ffordd fwyaf gofalus, mae un o olygfeydd mwyaf cofiadwy'r nofel—gwrthryfel Tom Brynglas yn erbyn yr ysgolfeistr sy'n curo'r plant am siarad Cymraeg—gymaint â hynny fwy cofiadwy oherwydd cyfiawnder amlwg y pwynt sy'n cael ei wneud.

Gellir meddwl am *Gwilym a Benni Bach* fel math o ragbrawf neu ymarfer ar gyfer nofel fwy uchelgeisiol. Nofelydd yn ymddiddori mewn cymeriadau oedd Williams, yn hytrach na mewn plot, ffaith sy'n dod yn fwy amlwg o ddarllen ei nofel aeddfed, *Gŵr y Dolau* o ran yr hyn y mae'n dweud am gryfderau'r awdur a'i wendidau fel ei gilydd. Er nad yw *Gwilym a Benni Bach* yn waith mawr nac, mewn gwirionedd, yn fwy na throednodyn yn hanes ein llenyddiaeth, mae hi'n droednodyn difyrrach a haws i'w hoffi na llawer o lyfrau anelodd yn uwch.

Un peth arall sy'n werth ei nodi'n gyflym: yn amlwg ddigon, mae'r eirfa a ddefnyddir am rai grwpiau ethnig ym Mhennod VII yn sarhaus, a'r delweddau a geir o ddiwylliannau brodorol Gogledd America yn seiliedig ar bortreadau ystrydebol a hiliol, er y mae'n glir mai dim ond portreadu chwarae plant sydd yma ac na fwriadwyd y bennod i gynnig unrhyw fath o sylwebaeth ethnig. Fel cyhoeddwyr, nid ydym yn teimlo bod sensro hiliaeth, a thrwy hynny ei chuddio neu ei gwthio o'r neilltu, yn gwneud dim byd heblaw hwyluso gwaith y sawl a fyn nad yw hiliaeth yn broblem, neu nad yw'n rhan o etifeddiaeth ddiwylliannol yr iaith Gymraeg (fel pob diwylliant arall). Gyda hyn mewn cof, rydym yn cyflwyno *Gwilym a Benni Bach* fel y mae hi, gan adael i'r darllenydd benderfynu beth yw ei rhinweddau a'i ffaeleddau.

A. P. 2024

Nodyn ar y testun:

Seiliwyd y testun hwn ar destun 1894. Rydym wedi golygu'r testun yn llai nag y gwnaethom gyda chyfrolau eraill yn y gyfres hon, oherwydd yr angen i warchod y defnydd bwriadol o dafodiaith Sir Gaerfyrddin yn y testun gwreiddiol. Newidiwyd rhai sillafiadau i gydymffurfio gydag orgraff heddiw lle nad oeddynt yn effeithio ar ynganiad (e.e. hwnw > hwnnw) a gwaredwyd atalnodi na fyddai'i angen mewn orgraff fodern (e.e. 'R oedd > Roedd; my'nd > mynd) ond gadawyd eraill os oeddynt yn dafodieithol. Yn y copi gwreiddiol darparwyd geirfa ar gyfer tafodiaith Gymraeg Dyffryn Tywi; rydym wedi cadw rhan ohoni, ond ni theimlwyd bod angen cynnwys pob cofnod ynddi ('aer', 'ar bwys', 'crwt').

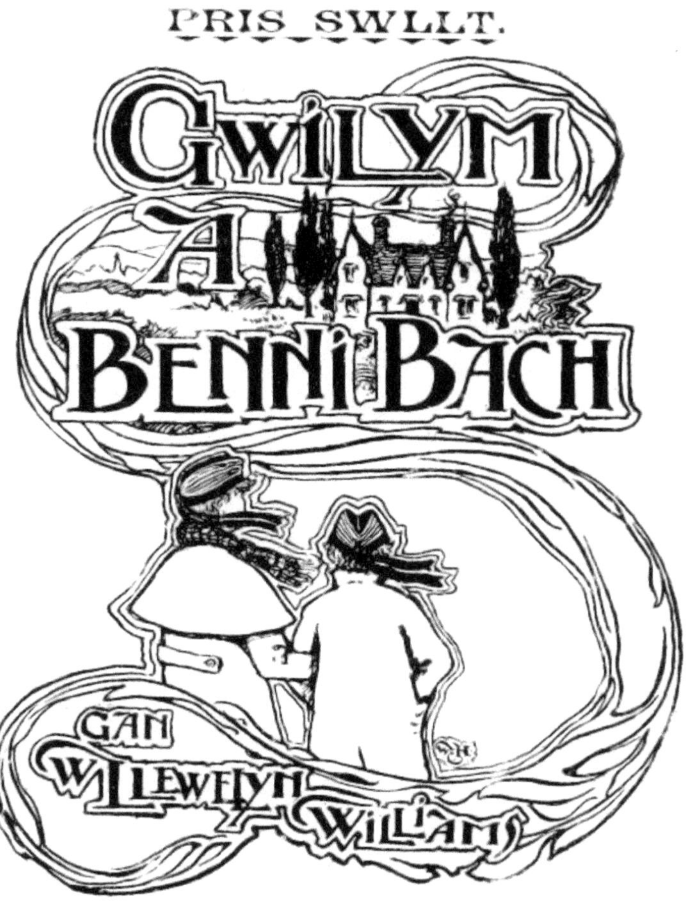

Clawr Argraffiad 1894

Pennod I
Gwilym a Benni Bach

Yr wyf yn cofio fel ddoe y tro cyntaf y gwelais Gwilym a Benni Bach, er fod blynyddau oddi ar hynny, erbyn heddiw. Teir-blwydd oed oedd Gwilym ar y pryd, ac yr oedd Benni Bach flwydd yn iau. Cerdded yr oeddwn, ar ddiwrnod teg yn yr haf, o stesion Llanelwid i Blas Newydd, lle'r oedd fy chwaer yn byw. Gwyddwn fod Henri fy mrawd-yng-nghyfraith ynghanol y cynhaeaf gwair, ac nid oeddwn am iddo ddanfon ceffyl i gyfarfod â'r trên ar amser mor stresol. Ac felly, nid oeddwn wedi ynganu gair wrtho pwy awr o'r dydd y cyrhaeddwn Llanelwid; ond yn unig y buaswn ym Mhlas Newydd rywbryd dydd Sadwrn. Hawdd ddigon oedd cael gafael yn y ffordd i'r Plas. Yr oedd yr heol fawr yn rhedeg heibio i'r tŷ, ac nid oedd dim i wneud ond ei dilyn, ac er nad oeddwn yn gyfarwydd iawn â'r ardal, deuais i odrau'r heol fach sydd yn arwain i glôs Plas Newydd heb un anhap na chamsynied.

Ar waelod yr heol safai dau blentyn. Ni wyddwn yn siŵr p'un a'i merched bach neu fechgyn oeddynt; oblegid yr oedd gwallt y ddau yn hir ac yn gyrliog; ac yr oeddynt wedi eu gwisgo mewn ffroc a phais fach. Yr oedd yr henaf o'r ddau yn cydio yn llaw y llall, ac yn dangos yn eglur ei fod yn barod i'w amddiffyn rhag bob cam. Er na welais hwynt erioed o'r blaen, gwyddwn ar unwaith mai plant fy chwaer oeddynt, sef Gwilym a Benni Bach. Yr oedd gwallt cudynnog modrwyog y ddau mor euraidd â'r fanadl; ond tra yr oedd llygaid du chwimwth ei dad gan Gwilym, yr oedd dau lygad ei fam gan Benni Bach, mor lased â'r cennin eu lliw, a dyfnder ynddynt fel pe tae'ch yn edrych i'r nefoedd fry.

Arhosais am funud heb ddweud gair, yn edrych. ar y ddau fychan yn sefyll law yn llaw ar ganol yr heol. Yr oeddynt hwythau yn syllu arnaf innau, y gŵr dieithr, ac yn amlwg ddigon yn petruso beth i wneud. Ond ymhen eiliad dyma Gwilym yn rhoddi plwc i Benni Bach ac yn gofyn, gan edrych yn syth yn fy ngwyneb,

"'Nwncwl Abartawe ych chi, ie fe?"

"Wel," meddwn innau, gan chwerthin, "mae'n rhaid i fi gael gw'bod yn gynta' pwy ych chi'ch dou?"

"Plant Plas Newydd y'n ni," meddai Gwilym, "a mae mami wedi gweud wrtho ni am sefyll man hyn i 'weud wrth 'nwncwl am fynd lan i'r tŷ drwy'r hewl fach."

"O dir," meddwn innau, "a shwd ych chi'n meddwl mai fi yw'ch 'nwncwl?"

"Ro'dd mami'n gweud y byse 'nwncwl yn siŵr o aros i 'ddryched arno' ni, wath ro'dd e'n wastod yn ffond o blant," meddai Gwilym.

Brysiais i newid yr ymadrodd. "A pheth yw'ch enw chi, 'nte?" meddwn.

"Gwilym yw'n enw reit i, ond mae tyta'n 'ngalw i yn Wil, weithe," meddai'r gŵr bach.

Yr oedd yr un bach lleiaf wedi bod yn aros yn fud hyd yn hyn, heb dynnu ei lygaid oddi arnaf fi, ond wrth glywed ei frawd yn siarad mor rhugl, dyma yntau yn dechrau cymryd calon.

"A—a—a—a—" meddai, gan fethu, yn ei awydd i siarad, â dyfod a'r geiriau allan, "a—a—a—a—Benni Bach yw'n enw inne."

"Wel, wel, o's cusan i 'nwncwl?" meddwn, gan blygu a gostwng fy mhen.

Yr oedd y ddau yn disgwyl y gofyniad. Gyda'r gair dyma Gwilym yn tynnu cadach o'i boced ac yn sychu gwefusau Benni Bach, ac yn dweud wrtho, fel, mae'n sicr, y clywodd ei fam yn dweud lawer gwaith o'r blaen:

"Nawr, Benni bach, cusan neis i 'nwncwl."

"Cusan neis i 'nwncwl," adleisiai Benni Bach, gan droi ei wyneb i fyny.

Ac yna codais y ddau yn fy mreichiau ac wrth eu cario tua'r tŷ, cefais wybod holl hanes y ffarm i gyd—ffordd yr oedd y lloi i gyd yn y Cae Bach, a'r ebolion yn Rhandir Cae Mawr, a'r gwartheg yn y Ddôl-dan-tŷ, a bod tyta gyda'r gwasanaeth-ddynion yn cywain gwair o Gors Ganol, a bod y ddau dŷ gwair wedi eu llanw, ac y byddai'r cynhaeaf ar ben gyda'r nos. Cefais wybod, hefyd, enwau'r ceffylau i gyd, sef Duchess a Lester, a Jolly, a Yentin, a Black, a'r ddwy boni, Bess a Silver; ac enwau'r gwasanaeth-ddynion. Ond treuliwyd y rhan fwyaf o'r amser yn siarad am Tom y Waginer, oblegid ni fu erioed y fath wron ag ef, gallwn feddwl. Yr oedd yn gallu gyrru wagen i'r calch â phedwar o geffylau ynddi.

"A mae e'n mynd lawr y Mynydd Ddu fel y tân," meddai Gwilym.

"Odi," meddai Benni Bach, "mae e'n mynd fel y tân pô'th."

"A mae e'n ffysto waginer Cwmbrân o hewl," meddai Gwilym.

"Odi, o hewl," meddai Benni Bach.

"A fe gas y preis yn y preimin," meddai Gwilym, "a mae gyda fe *slash* yn 'i *whip* gyment â hynna,"—gan estyn ei fraich led y pen.

"A mae e'n yn g'neud i'r slash fynd gric-grac," meddai Benni Bach.

"A mae gydag e blyfyn paun yn ochr 'i hat," meddai Gwilym, fel i ddodi pen ar bob dadl, mai Tom y Waginer oedd y dyn mwyaf yn y byd.

Erbyn hyn, yr oeddem wedi cyrraedd y clos, ac nid oedd yn bosibl i gadw'r ddau yn hwy yn fy nghol. Yr oeddwn ers peth amser wedi edifarhau i mi fod mor fyrbwyll a'u cario. Cofiais fod dillad newydd amdanaf, ac yr oeddwn yn barod i gredu nad oedd traed y ddau yn gwneud llawer o les i fy nghot.

Gollyngais hwynt yn rhydd, ac ymaith y rhedasant mor gynted â'r ewig, gan waeddi,

"Mami, mami, mae 'nwncwl Abartawe wedi dŵad!"

Ac wrth y drws gwelais Elen fy chwaer—yr un Elen â chynt, ond ei bod yn dewach ac yn henach, ond nid oedd trafferthion byd na gofalon mam wedi rhychio ei gwyneb ddim.

"Dyma chi wedi dŵad, John," meddai. "Pam na fysech chi wedi hala i 'weud gyda phwy drên yr o'ch chi'n dŵad? Roedd Henri ddim yn fo'lon o gwbwl na chese fe ddŵad i'ch cwrdda chi. Mi adewsoch eich pethe yn y stesion? O, mi fyddan yn ddigon saff yno—dyn eitha piwr yw Driscoll y Stesionmaster, er mai Sais yw e; a mi halith Henri Tom y waginer a'r cart i mhoin nhw heno ar ôl gellwng. A shwd ych chi os lawer dydd? Ry'n ni byth yn ca'l cl'wed gair o wrthoch chi nawr. Ro'en ni'n dechre' cred'u ein bod ni wedi'ch digio chi r'wffordd. A rych chi'n cael iechyd splended? Ond dych chi ddim yn dryched cystal ag o'ech chi. Dipyn yn llwydaidd yr ych chi—ond, dyna, ie neiff pythewnos o aer y wlad fyd o les i chi. Rych chi ddim wedi ca'l dim byd i fyta? Ma'n rhaid i chi gael llamed o de arunwaith—rwy bron llwgu'n hunan. Marged, dod y tegil ar y tân yn y fyned, a glanha'r ffrimpan yna ar ôl cino. Rych chi'n *bownd* o dreio'n ham ni."

"Mami," meddai Benni Bach—yr oedd ef a Gwilym bob ochr i Elen yn cydio yn ei gŵn hi, tra'r oedd hi'n fy nghroesawu i—"mami, ga' i ham i de?"

"Beth sydd ar y crwt, howyr?" meddai Elen. "Ond ddo' cesoch chi ham i frecwast o'r blân."

"O gad'wch iddyn nhw ga'l peth heddi," meddwn innau.

"Wel, wel," meddai Elen gydag ochenaid. "Mae pawb yn spwylo'r ddou blentyn. Wel, os byddwch chi'n fechgyn da,"—gan droi at Gwilym a Benni Bach, a rhedeg ei bysedd drwy eu gwallt—"mi gewch chi ham gyda 'nwncwl. Ond odi 'nwncwl yn ddyn neis i roi ham i chi fel hyn?"

"'Nwncwl neis," meddai Benni Bach, gan droi ei wyneb i fyny i dderbyn cusan drachefn.

"Na, na," meddai Elen. "Mae'n rhaid i chi folchyd yn lân cyn ca'l cusan gan 'nwncwl yto. Dyw 'nwncwl ddim yn lico cusan brwnt fel hyna. Mae arnai ofan, John bach, fod y plant yma wedi'ch bleino chi ishws, wath do's dim posib' 'i cadw nhw'n llonydd am eiliad yn y dydd. A 'dir gaton ni, maen nhw wedi trochi'ch dillad chi fel hyn ar unwaith! Mae'n rhaid i chi gael brwsh atyn nhw nawr yn y fyned. Marged, dere a'r brwsh dillad yma? De'wch miwn i'r nouadd i chi gael ishte lawr. Mi fydd te'n barod yn y fyned—mae'r tegil yn canu ishws."

Ty ffarm ardderchog yw Plas Newydd, yn gwynebu ar ddyffryn hyfryd Tywi. Eisteddais ar y sciw yn y neuadd ar bwys y ffenestr yn edrych allan ar y caeau gwyrdd a'r coedydd oedd yn britho'r dyffryn tawel, a chyn i mi gael amser i ddihuno, yr oedd y te ar y ford, ac Elen (â sbôl fach newydd yr oeddwn i wedi roddi'n bresant iddi ar ei hysgwyddau), yn eistedd o flaen y llestri ar ben y ford, a Gwilym a Benni Bach yn eistedd un bob ochr iddi mewn cadeiriau uchel.

"Trowch at y ford, John," meddai Elen. "Mae'n siŵr o fod ishe bwyd arnoch chi ar ôl trafeilu, a me gewch chi rannu'r ham, os gwelwch chi'n dda. Odi chi'n dewis lla'th a shwgir—ond, dyna, rwy'n g'neud dyn dierth ohonoch chi ar unwaith—wel, rych chi wedi cadw'n ddierth iawn o ar priodes i—ond wi'n cofio'ch bod chi'n ffond iawn o shwgir."

"Dyna eitha digon o shwgir i fi," meddwn, oblegid yr oedd Elen wedi dodi tri telpyn eisoes yn y cwpan, ac yr oedd yn barod i ddodi rhagor.

"Neis, neis yw shwgir," meddai Benni Bach, gan edrych yn wangcus ar y basn, ac yn dangos ei fod yn berchen ar ddant mor felus â'i ewythr.

"Dyw shwgir ddim yn dda i blant bach," meddai Elen.

"Wi ddim yn blentyn bach, odw i, mami?" meddai Gwilym.

"O mi *ddei* di'n fachgen mowr, dim, ond i ti stico," meddai Elen. "O's gyda chi, John, ddigon o hyfen yn eich te? Mae'n well i chi helpi'ch hynan." A gyda'r gair, dyma hi'n rhoddi'r jwg a'r hufen i fi.

Os oes rhywbeth yn y byd yr wyf fi'n hoff ohono, hufen llaeth yw hwnnw. Colli hwn yw'r golled fwyaf a gefais pan es i fyw i'r dref, a da y gwyddai Elen nad oedd dim oeddwn yn fwy balch ohono, pan oeddwn yn myned gartref dros y gwyliau ers llawer dydd, na digon o hufen. Ac ar ôl cael yr hufen yn fy llaw, arllwysais yn helaeth ohono. Ond yn ddisymwth dychrynwyd fi gan ysgrech oddi wrth Gwilym a Benni Bach. Yr oeddynt yn edrych arnaf gydag arswyd, a'u llygaid fel afalau yn eu pennau.

"Y dyn," meddai Gwilym o'r diwedd. "'Styriwch mai hufen sy' gyda chi!"

Yr unig ateb roddodd Elen, oedd ei siglo yn drwsgl; ond ni allwn i lai na chwerthin yn iachus. Daeth i'm cof ar drawiad amrant gynghorion fy mam—y rhai, yr oedd yn amlwg, a drosglwyddwyd i fy neiaint gan Elen—am beidio rhoddi mwy na llwyaid o hufen yn fy nhe, canys yr hufen oedd yn talu'r rhent!

Ac fel yna y deuais i adnabod Gwilym a Benni Bach y tro cyntaf erioed.

Pennod II
Y Modd y Cafodd Gwilym a Benni Bach Ddillad Newydd

Nid oeddwn wedi codi o'r gwely bore drannoeth pan ddaeth Gwilym a Benni Bach i ymweled â fi. Yr oeddwn yn gorwedd, rhwng cwsg ac effro, yn gwrando ar gân yr adar bach a si y myrddiwn pryfed mân sydd yn gwneud holl awyr Dyffryn Tywi yn fyw yn yr haf, ac yn methu dyfalu paham yr oedd neb yn siarad am "dawelwch" y wlad, pan glywais lais Gwilym tu allan i ddrws fy ystafell.

"'Nwncwl," meddai, yn ei lais treiddgar, "mae mami yn gofyn i chi pu'n sy' well gyda chi gal brecwast yn y gwely ne' gyda ni yn y nouadd?"

"O, gwedwch wrth mami," meddwn innau—oblegid nid oeddwn wedi anghofio hen gwynion Elen gartref ers llawer dydd am y drafferth o roddi brecwast yn y gwely—"y byddai ar y llawr yn y fyned."

Ac yna clywn sŵn y traed bach yn dringo lawr y grisiau.

Nid oeddwn mewn brys i godi a gwisgo. Yr oedd yr olygfa swynol o'r ffenestr yn tynnu gormod ar fy sylw. Cyn i mi fod yn haner parod i ddisgyn, clywais sŵn dau bâr o draed tu allan i'r drws, a llais Gwilym yn galw drachefn,

"'Nwncwl."

Es at y drws, ac ar ôl ei agor gwelais fy neiaint, Gwilym a Benni Bach.

"'Nwncwl," meddai Gwilym, "mae mami am i chi roi'r baish fach i fi sy' yn y *chest*?"

"O'r gore," meddwn innau, "shwt un yw hi?"

"Paish goch sy' gen i," meddai Gwilym.

"A mae mami'n gweud," torrai Benni Bach i mewn, "y ca' yne baish goch tro nesa."

"Wel, bachgen," meddwn, wrth dynnu'r bais goch o'r *chest of drawers*, "odi ch'i ddim yn mynd yn rhy fowr nawr i wishgo paish fel hyn?"

"O, mae mami'n gweud," atebai Gwilym, "y ca' i a Benni Bach drowsus penlin pan ewn ni i'r ysgol."

"Ag i bwy ysgol y byddwch chi'n myn'd?" gofynnais.

"Mi fyddwn ni'n mynd gyda Tom Brynglas i ysgol Llanelwid," meddai Gwilym.

"Wel, odi chi'n gw'bod rhw'beth am yr A B C?" gofynnais eilwaith.

"Wi'n gw'bod hwnna," dywedai Benni Bach.

"Wel?" meddwn innau.

"A B C; Cath a chi," meddai Benni Bach.

"Da 'machgen i," meddwn innau, gan dreio celu fy ngwên, "a phwy ddysgodd hynna i chi?"

"Tom y Waginer," meddai Benni Bach. "A mae Gwilym yn gw'bod lot yn rhagor."

"Odi chi Gwilym?" gofynnais wedyn.

Roedd Gwilym yn sefyll yn syth, a'i lygaid yn edrych dros fy ysgwydd draw i'r pellderoedd. Heb ragor o ragymadrodd dyma fe'n dechrau:—

"Mi âf i'r ysgol 'fory
A'm llyfr yn fy llaw
Heib'o Castell Newydd
A'r cloc yn taro naw.

O Malen, Malen cwyn
Mae heddiw'n fore' mwyn,
A'r adar bach yn tiwno,
A'r gwcw ar frig y llwyn."

"Dier mi," meddwn, "a Tom y waginer sy' wedi dysgu hyna i gyd i chi?"

"Ie," meddai Gwilym, "a mae e'n mynd i ofyn i mami os cewn ni fynd i weld y bedyddio."

"Beth yw'r bedyddio?" gofynnais.

Ond cyn i fi gael ateb dyma lais Elen yn esgyn o odrau'r stâr, "Nawr, blant, beth ych chi'n 'neud i'r lan 'na'r holl amser hyn? Mae'n hen bryd eich bod chi wedi dybenu gwishgo, yn lie cadw 'nwncwl fel'na!"

Ac i lawr yr aethant gan gario y bais goch, ac ni welais hwynt mwyach cyn amser cinio.

Erbyn i mi ddisgyn i'r neuadd, nid oedd sôn am fy neiaint.

"Do'dd dim byw na bywyd gyda nhw," esboniai Elen, "os na chese nhw fynd gyda Tom y waginer i weld y Baptis yn bedyddio ym Mhwll Hesg. Mae Tom yn eu spwylo nhw mor anghyffredin, ag yw dyn ddim yn fo'lon bod yn gas iddo fe am fod yn garedig wrth y plant. A dim ond i Gwilym gym'ryd rh'wbeth yn ei ben, mae'r un peth i chi dreio hydfan a threio'i droi e! A phob peth 'wedi'th Gwilym, mae Benni'n siŵr o 'weud ar ei ôl e."

Cefais ddigon o hanes fy neiaint o hynny nes daeth yn amser cychwyn i'r cwrdd. O'r diwedd cymerodd Henri fy mrawd-yng-nghyfraith drugaredd arnaf a dywedodd,

"Elen fach, wyt ti'n meddwl fod John yn cymryd cymaint o ddiddordeb yn y plant ag yr wyt ti?"

"Wel, f'alle bydd gydag e blant ei hunan rywbryd, meddai Elen, "ag yna mi ddiallith."

Ac, yn wir, nid oeddwn heb deimlo fod gan Elen esgus dros siarad amdanynt.

"Mae Gwilym," meddai, "yr un *spit* weithe â'r peth o'ech chi pan yn blentyn," (er na allwn i weld yr un tebygolrwydd ynddo). "Mae'r un tro yn ei lygad e, ag amser bydd e'n 'wherthin, wi fel tawn i'n eich gweld chi o hyd o' mla'n. Mae rhwbeth mor ffel yndo fe! Nos Sul dwetha, rodd 'y mhen i ddim haner da, a mi aroses gatre' o'r cwrdd. Rodd pawb yn y cwrdd ond y fi a Gwilym—me fynodd e aros gatre' yn gwmpni i fi. Ar ôl i fi fynd dros y lluniau yn y Beibi a *Thaith y Pererin* gyda fe, ag yn dodi swper ar y ford, dyma fe'n gweud wrtha i, 'Mami,' mynte fe, 'dyna nets mae i fod yma gyda'n gilydd. Dim ond gŵr a gwraig y tŷ sy' gatre' nawr, ynte?"

Pan ddaeth amser cinio, yr oedd y ddau blentyn wedi cyrraedd gartef, ac yr oeddynt yn llawn o'r hyn a welsant ac a glywsant ar lan yr afon, a mawr oedd yr holi ynghylch y bedyddio.

"Mami," gofynnai Gwilym, "odi chi wedi ca'l eich bedyddio?"

"Nagw i," meddai Elen.

"Odi e'n ddrwg, 'te, i ga'l eich bedyddio?" holai Gwilym.

"O nag yw," meddai Elen, "dyw e ddim yn ddrwg."

"Pam na fysoch chi'n cael eich bedyddio, te?" gofynnai Gwilym.

Nid oedd Elen yn barod â'i hateb. "O," meddai o'r diwedd, "dwy i ddim yn credu yn hynny."

"Odi Dafi'r Esger yn credu yndo fe?" dywedai Gwilym. Dafi'r Esger oedd un o'r bobl fedyddiwyd y bore hwnnw, mae'n debyg.

"O odi," atebai Elen.

"Pam nag ych chi'n credu yndo fe?" gofynnai Gwilym.

Aeth Elen yn fud, tra rhedai cysgod gwen dros wyneb agored Henri.

"'Mrowch chi i ddŵad yn fachgen mowr," meddai Elen o'r diwedd, "ag yna mi ddewch chi i w'bod."

Ac fel yna y terfynodd yr ymddiddan yr adeg honno, ac ni fuasai yn werth ailadrodd yr hanes, oni bai am yr hyn a ddigwyddodd yn y prynhawn a bore drannoeth.

Ar ôl cinio, aeth Henri, yn ôl ei arfer, i'r Ysgol Sul, ac mi es innau allan ar hyd y caeau i fwynhau'r awyr iach. Ar ôl rhodio yma a thraw am awr neu ddwy, deuis i'r cae bach. tu ôl i'r tŷ. O'r pen draw clywais yn ddisymwth ysgrech plentyn, a safodd fy nghalon yn fy mynwes. Gwyddwn fod pwll y chwyaid yn y cornel pellaf, a meddyliais ar unwaith mai ysgrech Gwilym neu Benni Bach a glywswn. Rhedais, fel na redais o'r blaen am flynyddau, i gyfeiriad y sŵn. Pan gyrhaeddais lan y dwfr, ni wyddwn beth i wneud—p'un ai chwerthin neu ddwrdio. Ynghanol y dŵr a'r llaid safai Gwilym a Benni Bach, â'u dillad yn wlyb cors, ac hyd yn oed eu gwallt yn diferu dafnau o ddŵr llwydaidd, ac er ei bod yn ddiwrnod twym yn yr haf, yr oedd y dŵr oer yn gwneud i'w dannedd guro.

"Beth yn enw'r annwyl ych chi'n 'neud yma, blant?" meddwn, dipyn yn wyllt.

"Bedyddio Benni Bach 'w i," meddai Gwilym.

"Wel, mi fydd hi'n waeth na gweud yn deg pan welith mami chi," meddwn.

"Ond 'wedodd mami nag oedd dim drwg miwn bedyddio?" meddai Gwilym.

"Gewch chi weld p'un am hynny," atebais, mor sarrug ag y gallwn.

A gwir a ddywedais. Pan welodd Elen hwynt, nid oedd diwedd ar ei haraith.

"Yr arsw'd anw'l," meddai, "beth yw'r drych hyn sy' arnoch chi, blant? Wedi bod yn bedyddio Benni Bach, ie fe? Mi ro i fedyddio Benni Bach i chi'ch dou, a g'na! A thithe, Gwilym, a ffroc newydd, a phobo biner glân prynhawn heddi gyda chi'ch dou. A neithiwr ddwetha y cesoch chi'ch golchi yn y twba! Mi fydd yn rhaid i chi'ch dou ga'l eich ymolch a mynd i'r gwely ar unwaith, a mi ddwa i i siarad â chi yn y *bedroom*."

Yr oedd y ddau fychan yn edrych mor ddiniwed â'r ŵyn, ac yr oedd eu hufudd-dra parod yn gwneud i fy nghalon waedi drostynt. Ond gwyddwn yn rhy dda mai gwell oedd peidio ymyrryd rhwng Elen a'i phlant. Es allan am awr yn ychwaneg, a phan ddychwelais yr oedd fy neiaint yn eu gwelyau'n dawel, a'r forwyn yn cadw cwmni iddynt hyd nes y cysgent, tra yr oedd eu dillad yn sychu wrth y ffwrn yn y gegin.

Pan ddychwelodd Henri o'r ysgol, nid oedd taw ar achwyn Elen.

"Mae'r ddou yn drech yn lân na fi," meddai. "Wedi i fi dodi nhw yn y gwely, a thynnu'r 'ialen fedw oddi ar yr ho'l, 'Mami,' medde Gwilym, 'a geiff Dafi'r Esger ei whipo am lychu ei ddillad?' a 'dallwn i ddim dodi'n llaw i gwrdda'r crwt wedyn. A dyw e ddim iws i beido'i gospi e,' ne' mae e'n siwr o fynd â Benni Bach i'r pownd yto. Mae'n llawer gwell i chi fynd i whipo nhw."

"Na wna i'n wir i ti," meddai Henri. "Ti sy' wedi dechre' ar y gwaith. Ond os taw ishe hadel y plant i ddwyno'u dillad sy' arnat ti, mae gen i lawer gwell ffordd."

"Beth yw hynny?" gofynnai Elen.

"Rho drowsus penlin i'r ddou," meddai Henri, "a mi ddrychan nhw nag â'n nhw ddim i'r pownd wed'yn."

Ac felly fu. Bore dydd Llun, halwyd i ymofyn John y teiliwr i Blas Newydd, i wneud dillad newydd i Gwilym a Benni Bach.

Pennod III
Mynd i'r Ysgol

Pan oedd Gwilym. yn chwech mlwydd oed a Benni Bach yn bump, penderfynwyd eu danfon i'r ysgol i Lanelwid. Yr oedd pawb yn meddwl yn uchel am yr ysgolfeistr newydd—Sais o'r enw Hartland. Yr oedd gŵr Plas Newydd yn aelod o'r Bwrdd Ysgol; ac, fel llawer iawn o Gymry unieithog, yr oedd yn meddwl y byd o ddyn os gallai siarad Saesneg yn rhwydd neu os byddai yn siarad Cymraeg gyda llediaith. Llawer gwaith y gwelais ef yn dinoethi ei ben, ac yn dodi 'syr' ymhob brawddeg, wrth siarad â stiwart meddw a diegwyddor—yr hwn, yn wir, nid oedd deilwng i ddatod carai ei esgid—yn unig am ei fod yn gallu siarad Saesneg. Yr oedd gan Henri feddwl uchel am ei gyd-genedl, ac yr oedd yn hoff o'i heniaith. Ond yr oedd ei gariad tuag ati fel cariad meddwyn at gwrw: yr oedd yn rhy hoff ohoni i'w rhoddi heibio, pe medrai, ond, ar yr un pryd, beiai hi am holl aflwydd a thlodi ei fywyd. Credai yn ddiysgog mai yr iaith Gymraeg oedd wedi ei gadw ef a'i bobi dan draed cyhyd. Ond eto yr oedd yn gas ganddo y rhai hynny a anghofient eu Gymraeg ar ôl bod am dri mis mewn siop yn Llundain neu Abertawe!

Nid oedd yn rhyfedd, felly, i'r neb a'i hadwaenai ei fod o blaid cael Sais yn ysgolfeistr yn Llanelwid. Yn wir, dywedir mai ei araith ef droeodd y fantol yng nghwrdd y Bwrdd Ysgol. Cyflawnid gwaith y Bwrdd yn Gymraeg, am na allai'r aelodau siarad Saesneg; ond cedwid y cofnodion yn Saesneg gan yr ysgrifenydd, Tom Griffiths y Siop.

"Y mae y plant," meddai Henri yn y cyfarfod, "yn clywed digon o Gymraeg ar yr aelwyd gartref, ac maent yn dysgu'r iaith yn yr ysgol Sul. Eisiau dysgu Saesneg iddynt sydd arnom ni, ac ni allwn wneud hynny ond drwy wneud Saesneg yn iaith yr ysgol. Os mynnwn ni Gymro yn feistr, y mae yn sicr o siarad peth Cymraeg â'r plant yn yr ysgol; ond os mynnwn ni Sais, ni fydd yn gallu siarad gair o Gymraeg, a daw y plant yn rhwydd i siarad Saesneg."

Pan ddaeth Mr. Hartland i Lanelwid o Loegr, credai pawb yn y plwyf fod y mil blynyddoedd wedi gwawrio. Nid oedd neb yn ddigon hyddysg i wybod mai Saesneg troednoeth y parthau iselaf o Lundain a siaradai; ac ni freuddwydiai neb, chwaith, nad oedd yn meddu ar bob cymhwyster i ddysgu plant Cymru. Gwnaed yn fawr ohono gan bawb. Gwahoddid ef i de i'r fan hyn, ac i ginio i'r fan arall, a rhyfeddai pawb "Shwd ddyn bach ishel yw e." Synnwyd a llonnwyd pawb pan wnaeth ei ymddangosiad yn Salem bore dydd Sul, ac erbyn y nos, yr oedd y gweinidog yn barod i ddarllen ei destun yn Saesneg ac i roddi pennau ei bregeth hefyd yn yr iaith honno—a'r oll er mwyn boddio Mr. Hartland. Canys hyn yw hanes y Cymry wedi bod am ganrifoedd. Gwnant garedigrwydd â'r Sais er niweidio eu hunain, a gwell ganddynt newynu eu heneidiau na gweled enaid Sais yn dioddef eisiau maeth ysbrydol.

Yr oedd cymaint o'i ofn ar y plant yn yr ysgol fel na fu trafferth ynghylch dim am rai wythnosau. Nid oedd y plant yn ei ddeall—"Nit 'r un Sysneg mae e'n siarad â Mr. Thomas," medde'r plant—ond ni fu gan neb ffydd fawr erioed yn Saesneg Mr. Thomas, yr hen ysgolfeistr; a thybid am Saesneg y meister newydd fel y gwneir am bregeth llawer gŵr—-mai gorau i gyd yr oedd po leiaf ei deallid.

Felly yr oedd pethau yn sefyll pan y danfonwyd Gwilym a Benni Bach i'r ysgol am y tro cyntaf ar fore dydd Llun yn amser Calan Mai. Yr oedd Elen wedi bod wrthi am oriau yn paratoi erbyn yr amgylchiad, a gallech gredu fod y plant yn mynd i bellter byd, ac nid i bentref oedd tu fewn i filltir i'r tŷ, gan gymaint oedd helynt Elen yn eu cylch.

Arhosai y ddau yn barod i gychwyn—yn disgwyl dyfodiad Tom Brynglas, mab cymydog oedd erbyn hyn yn Standard V. Yr oedd wynebau y ddau yn disgleirio ar ôl y dŵr a'r sebon; yr oedd eu gwallt cyrliog wedi ei rannu yn ofalus, yr oedd coler glân ar y ddwy got lwyd; nid oedd brycheuyn ar y trowsus penlin rib gwyn, na bai na choll ar y sanau glan ddu'r ddafad.

"Dodwch eich cap yn gwmws, Gwilym," meddai Elen, gan edrych gyda balchder ar y ddau, a chan gymhwyso y *Scotch cap* oedd ar ochr eu cern. "A chofiwch chi 'weud '*Good morning*, syr' wrth Mr. Hartland pan ewch chi miwn a rhowch chi fow taliedd iddo fe. Beth i chi fod i 'weud wrth Mr. Hartland nawr?"

"*Good, mornin'* syr," meddai Gwilym a Benni Bach gyda'i gilydd, fel pe baent yn adrodd pwnc.

A chyn pen munud ar ôl hynny, dyma Tom Brynglas yn galw heibio.

"Cofiw e', da 'machgen i," medde Elen wrth Tom, "am fynd â nhw yn saff, a'u cadw nhw rhag trochi eu dillad. A mae slât a'u pensil nhw yn y bag, a mae'r bara menyn gyda Gwilym iddyn nhw erbyn haner dydd."

"Me fydda nhw'n ôl reit, Mrs. Morgan, gyda fi," atebe Tom Brynglas, gyda phwyslais ar y fi, a chan roddi ei law dde i Benni Bach a'i law chwith i Gwilym. Ac ni fu rhyfelwr erioed yn dychwelyd o'r gad a'i ysbail gydag ef yn fwy balch nag yr oedd Tom Brynglas wrth gerdded o glos Plas Newydd â'i fyddin fach wrth ei gwt.

Safai Elen yn y cwrt bach yn edrych ar eu hôl gydag ochenaid.

"Mystres, mystres," gwaeddai Marged, y llaethwraig, yn ddisymwth, "niae Benni Bach wedi gadel ei hancishêr ar ôl."

"Rhed ag e ar eu hôl nhw, los," meddai Elen, "a mi dali nhw cyn croesa nhw'r ca' i'r hewl."

A'r olwg ddiwethaf gafodd hi ar Marged oedd ei gweld yn hedeg fel saeth o fwa drwy gât y clos, ac ar ôl y plant. A phan ddaliodd Marged nhw ar ganol y cae cafodd Tom gryn drafferth i symud y gwersyll ymlaen drachefn. Nid oedd Marged yn foddlon ar roddi yr hancishêr yn ôl, ond yr oedd yn rhaid iddi godi Benni Bach yn ei chôl a'i gusanu a'i wasgu at ei mynwes. Ac yr oedd Benni Bach hefyd yn dechrau teimlo hiraeth, ac nid oedd dim ond ei galon fach ddewr yn ei atal rhag taflu ei freichiau am wddf Marged, a thorri allan i lefain.

Ar y ffordd i'r pentref, daeth Gwilym a Benni Bach i ddeall eu bod yn cychwyn ar fywyd newydd. Tom Brynglas, fel y daethant i wybod cyn hir, oedd capten yr ysgol. Efe oedd yn cadw'r bêl ddu; efe oedd i ddweud pwy oedd i fynd i ofyn am bledren at y bêl ddu, ac i ble yr eid i'w chael; ac efe oedd i ddweud pwy oedd i bigo ochrau wrth chwarae. Nid oedd un gamp yn gyflawn hebddo ef; a chydnabyddid mai efe oedd yr ymladdwr gorau, y niclwr gorau, y chwaraewr pelddu gorau, y cwdwmwr gorau, a'r neidiwr herc a cham a naid, a'r neidiwr cae'r-bedw gorau yn yr ysgol.

Ond y bore hwn yr oedd brys tu hwnt i'r cyffredin ar Tom. "Newch hast, boys bach," meddai, "nawr ac yn y man, ne r'yn ni'n siŵr o fod yn dd'weddar."

Ac yna ymlaen yr elent cyn gynted ag y gallai Benni Bach lusgo ei draed ar ei ôl. Nawr ac yn y man bu raid i Tom godi Benni yn ei gôl a'i gario ran o'r ffordd. Erbyn cyrraedd yr ysgol, gwelwyd nad oedd ond ugain munud i naw—chwarter awr cyn amser canu'r gloch. Ond er cynhared oedd, yr oedd yno yn agos i bedwar ugain o blant wedi crynhoi ynghyd, a gellid canfod yn hawdd ddigon fod rhywbeth anarferol ar waith. Dododd Tom Brynglas Gwilym a Benni Bach i eistedd gyda'r plant lleiaf yn yr

Infants' Room, ac ar ôl eu cael oddi ar ei ddwylo, siaradai yn brysur â rhai o'r bechgyn mwyaf. O'r diwedd dyma fe yn rhoddi'r gair i bawb o'r plant i fynd i'r ysgoldy. I mewn yr aethant fel diadell o ddefaid, y merched a'r bechgyn gyda'i gilydd—rhai yn ufuddhau yn llonydd, eraill yn gofyn beth oedd yn bod. Arhosai Tom mewn dwfn gyngor â thri o'i gyfeillion, John y Bryngwyn, William y Coed, a Dan Felindre. Nid hir y buont mewn petruster.

"Cerwch chi *boys*," meddai Tom, "i geuad y *shutters*, a mi gloia ine'r ddou ddrws."

Fel yr ufuddha cwch i droad y llyw, felly yr ufuddhaodd ei gyfeillion i orchmynion Tom Brynglas. Cyn bod bys y doc yn dangos deng munud i naw, yr oedd pob drws ynghlo, a phob ffenestr ynghau, a'r ysgoldy i gyd mewn haner tywyllwch. Eisteddai'r plant yn dawel—rhai yn ofni gormod i ddweud dim, eraill yn sisial â'i gilydd. Tramwyai Tom Brynglas drwy y rhengoedd, fel tywysog, heb ofni wyneb neb—yn bygwth y cecrus, yn ysbrydoli y gwan, ac yn rheoli yr oll. Ond eisteddai Gwilym a Benni Bach o hyd ar y ffwrwm yn yr *Infants' Room*, gan gredu fod hyn oll yn rhan o waith yr ysgol.

Mewn ychydig dyma guro wrth y drws Yr oedd Tom wedi gorchymyn nad oedd neb i ateb ond efe. Dyma guro drachefn a thrachefn.

"Open the door at once," meddai llais y *pupil teacher*, William Jones y Wern. "I know who it is. It's Tom Brynglas."

"Na, agora i ddim," atebai Tom yn ddigryn. "Ry'n ni wedi ca'l digon ar yr hen Sais 'na a'i ganen. Os addewith e i beido'n whado ni ragor am siarad Cwmrâg, mi agorwn y drws."

Yn ofer yr erfyniai William Jones ar i Tom i agor cyn y deuai Mr. Hartland. Safai Tom yn ddewr ac yn ddi-ildio. Ym mhen tipyn, pan oedd y cloc yn taro naw, dyma'r ysgolfeistr ei hunan yn dod.

"Open the door, you rascals," meddai mewn nwydau gwyllt, "or I'll make you regret it."

Ac yna dechreuodd y frwydr fawr fythgofiadwy rhwng Tom Brynglas a'r Sais. O naw o'r gloch y bore hyd dri o'r gloch y prynhawn safodd Tom ei dir. Ni thyciai na bygythion Mr. Hartland, nac ymresymiadau William Jones y Wern, nac ofnau y plant. Nid oedd dim allai wneud i Tom daflu ei arfau i lawr. Gwangalonnai ei gadfridogion uchelaf ambell waith; ond yr oedd ewyllys Tom yn drech na'r holl anawsterau. Dechreuai rhai o'r plant i lefain, ac yr oedd Gwilym a Benni Bach mewn dagrau cyn canol dydd. Ond cysurai Tom y bychain, ac yr oedd ei arswyd wedi disgyn ar y llwfr. Daeth newyn a syched ar y llu gwarchaeëdig; ond yr oedd gan Tom ddwfr i'r sychedig gyda'u tocyn amser cinio, a gair o gysur i'r trallodus a'r trwm ei galon. Tua thri o'r gloch yn y prynhawn, yr oedd clôs yr ysgol yn llawn o bobl y plwyf—rhai yn cymryd rhan y plant, eraill gyda'r meistr. Daeth Tom Griffiths y Siop—ysgrifenydd y Bwrdd Ysgol— i ymresymu â Tom; ond ni roddai y cadfridog hwnnw ffordd un fodfedd. Daeth Mr: Edwards, Tynycwm—cadeirydd y Bwrdd— yno, yn chwythu bygythion, ond ni lwyddodd i agor y drysau. O'r diwedd daeth Dafi'r saer yno, a dau o'i brentisiaid, a briwyd y do, ac agorwyd y drws uchaf led y pen. Safai Tom â *ruler* yn ei law, a llu arfog y tu cefn iddo. Ond pan ruthrodd y dyrfa oddi allan i mewn, gwasgarwyd llu Tom fel ûs o flaen y gwynt, ac efe ei hunan a adawyd i ymladd dros iawnderau plant yr ysgol. Ond buan ei goddiweddwyd gan dynged greulon; diarfogwyd y gwron, ac ymaflodd Mr. Hartland ynddo, a chyn bo hir, ar ôl agor y *shutters*, a chael goleuni eto i'r ysgoldy, yr oedd pawb yn eistedd yn dawel, a theyrnasai tawelwch fel y môr drwy yr holl le. Yn unig clywid sŵn yr ysgolfeistr yn galw Thomas Thomas i gyfrif am ei ddrwg weithredoedd, ac, wedi hynny, ynghanol distawrwydd perffaith, dychrynai'r plant yn eu calonnau wrth glywed sŵn maleisus y ganen yn glawio ergydion ar gorff Tom—ond Tom ei hun ni ddywedodd air, ac ni ddihangodd ochenaid dros ei wefusau.

Ond yn yr *Infants' Room* yr oedd braw a galar ac anhrefn. Yno y cymerodd cynorthwywyr Tom noddfa rhag llid yr ysgolfeistr. Cuddiodd un yn y cwpwrdd lle cedwid y llyfrau, ac aeth y ddau arall dan y ffwrwm ar yr hon yr eisteddai Gwilym a Benni Bach. Gwelodd y ddau fychain hyn, ac arswyd a ddisgynnodd drachefn ar eu hysbryd. Yr oedd eu grudd yn wlyb gan ddagrau a'u llygaid yn goch gan wylo. Hiraethent am eu mam ac am ddiogelwch Plas Newydd. Ni wyddent beth oedd y perygl, ond teimlent ei fod gerllaw. Ac fel y cyrcha pysgod mân i'r rhwyd rhag ofn sŵn y pysgotwyr, felly y daliwyd Gwilym a Benni Bach. Yn eu braw neidiasant oddi ar y ffwrwm ar yr hon yr eisteddent, a dilynasant y ddau is-arweinydd, ar eu traed a'u dwylo, heb feddwl am lwch y llawr nac am eu trowsus rib glan, ac ymguddio a wnaethant o wyddfod y meistr dan gysgod y ffwrwm fach! Nid hir y buont yno. Yr oedd coesau Benni Bach yn amlwg ddigon, ac nid oedd ond ei ben cyrliog o'r golwg. Ar ôl llwyr orchfygu'r gwersyll uchaf, cerddodd Mr. Hartland i'r *Infants' Room* â golwg sarrug ar ei wyneb a'i lygaid yn melltennu. Y cyntaf peth a welodd oedd traed Benni Bach yn ymestyn oddi dan y ffwrwm. Gafaelodd ynddynt, tra'r ysgrechai Benni Bach, a Gwilym gydag ef o gydymdeimlad.

"And what, sir, do you mean by making this disturbance?" meddai'r ysgolfeistr.

Adwaenai Benni Bach Mr. Hartland. Yr oedd wedi ei weld lawer gwaith yn Salem. Cofiodd gyngor ei fam. Gwnaeth ei orau i wneud *bow* taliedd, a dywedodd yn ei lais trebl, er fod y dagrau hallt yn ffrydio dros ei ruddiau brwnt:

"*Good morning*, syr. Nid y fi 'nath e', wir."

Gwyddai'r meistr mai meibion i aelod o'r Brwdd oedd y ddau dan y ffwrwm, a chanfyddai mai dieithriaid yn yr ysgol oeddynt. Dywedodd air caredig wrthynt—er nad oeddynt yn deall ei ystyr. Arosasant yn haner crïo tra y cosbwyd y tri gwron am gynorthwyo yr arch-wrthryfelwr; ac yna am bedwar o'r gloch y prynhawn gollyngwyd hwy yn rhydd gyda'r rhan arall o'r ysgol, ac aethant gartref—ond y tro hwn heb Tom Brynglas, oblegid yr oedd ef wedi ei ddior i fynd adref gyda'r lleill, fel y caffai Mr. Hartland gyfle yn rhagor i'w ddysgu i ufuddhau i'r awdurdodau y sydd.

Hynod a helbulus, felly, bu diwrnod cyntaf Gwilym a Benni Bach yn ysgol Llanelwid.

Pennod IV
Y Tŷ Prydferth

Nid oes llawer o lyfrau ym Mhlas Newydd, ond y mae pob un sydd yno wedi ei ddarllen drosodd a throsodd gan Henri ac Elen. Mae rhai pobi yn credu na all neb fod yn ddysgedig os nad yw wedi darllen hyn a hyn o lyfrau newyddion. Y maent yn barod i addoli pob un sydd wedi gwario ychydig flynyddoedd yn yr ysgol a'r coleg, neu sydd wedi darllen nofelau diweddaraf a bryntaf y Saeson. Ni fuasai dim yn synnu Henri yn fwy na chlywed ei fod yn berchen ar drech diwylliant na hanner y bechgyn sydd yn graddio yn Rhydychen a Chaergrawnt. Nid yw wedi ymgydnabyddu â damcaniaethau Hegel a Spencer; ni ddarllennodd air o weithiau Carlyle a Darwin a Ruskin; ni all ddyfynnu llinell o ysgrifeniadau Shakespeare a Miltwn a Wordsworth. Ond beth am hynny? Y mae yn deall ac yn gwerthfawrogi y llenyddiaeth sydd ganddo—yr hyn ni ellir ddweud am y rhan fwyaf o'r rhai sydd yn cymryd arnynt fod yn llawer mwy diwylliedig. Y mae yn hyddysg yn yr Ysgrythur—y casgliad gorau o'r lenyddiaeth fwyaf amryfal a'r fwyaf oruchel yn y byd. Beth sydd gan athronwyr Germani i ddweud am ddirgelwch bywyd dyn a'i berthynas â'r Duwdod yn rhagor nag a ddwedwyd mewn geiriau llawer mwy miniog a grymus yn Llyfr Job? Ni allant hwy, druain, ond diffinio a manylu; diwedd ei holl ddyfaliadau yw dechreuad hanes Job. Ac ni all nofelwyr ac ysgrifenwyr yr oes oleuedig hon wneud dim ond taflu golau arall ar hen brofiadau'r hil ddynol—profiadau sydd wedi eu cofnodi mewn iaith anfarwol gan y Salmydd tyner, y Pregethwr doeth, y Proffwydi barddonol, ac yn y di-rif ystorïau a geir o un pen i'r llall o'r Beibl. Ac am ei fod yn gwybod ei Feibl, ac yn ei deimlo, yr oedd Henri yn gwybod am adnodau (ac yn gweld ystyr newydd ynddynt) na ddaeth i feddwl gwŷr ieuainc y prifysgolion.

Yr oedd ganddo hefyd gyfieithiad o *Daith y Pererin*—mewn llythrennau bras a darlun ar bob tudalen, a nodiadau gan Kilsby ar y gwaelod. Hwn, a Beibl Peter Williams, a ddarllenid ar nos Suliau yn y gaeaf pan yr oedd yn rhy oer a gwlyb i Elen a'r plant i fynd i'r capel. Yr oedd Gwilym yn gwybod hanes Cristion bob cam o'r ffordd; ie, gwyddai am bob tro yn y daith o Ddinas Distryw i'r Mynyddoedd Dedwydd. Yr oedd ei galon wedi curo ganwaith gyda'r pererin yn y Gors a than fynydd Sinai, yn y Glyn ac yn Ffair Gwagedd, yng Nghastell Cawr Anobaith ac ar Lan yr Afon, ac nid oedd dim oedd Henri ac Elen mor hoff o wneud â gofyn i Gwilym i esbonio yr hanes ynglŷn â phob llun yn y llyfr.

Mynych hefyd y byddai Henri yn darllen *Cymru Fu*, a gwaith bendigedig yr hen Theophilus, *Drych y Prif Oesoedd*. Gwyddai a chredai hanes goresgyniad Prydain gan y Saeson, fel y traethwyd ef gan yr hen ysgrifennwr melys, ac yr oedd ei nwyd wedi ei chynhyrfu lawer gwaith wrth ddarllen ystori bradwriaeth Gwrtheyrn a Modred, a thwyll Hengist a'i ferch ysgeler Rhonwen. Y mae dysgawdwyr yn dweud mai ffug yw'r cyfan; na fu byw y fath ddyn â Hengist erioed, mai chwedl y beirdd yw'r brenin Arthur, ac mai dychymyg pobi orchfygedig a greodd "Frad y Cyllyll Hirion." Gwelais, yr haf diwethaf, ŵr ieuanc oedd wedi graddio ym Mhrifysgol Llundain yn edrych gyda gwên o wawd ar yr hen lyfr ym Mhlas Newydd, a chlywais ef yn esbonio wrth Henri mai chwedleuon di-sail oedd yr hanes i gyd. Ond ofer oedd ei siarad. Gallai yn hawdd ddigon ddangos beiau a diffygion Theophilus Evans; ond bydd *Drych y Prif Oesoedd* fyw pan fydd oesau a ddêl yn chwilio am bapurau arholiad Prifysgol Llundain.

Nid anghofiaf byth y dydd pan y rhoddes gopi o *Rhys Lewis* i Henri. Gyda'r fath flas ac awydd y darllenai ef! O'r fath ddagrau a gollodd uwchben hanes Mari a Ben; a'r fath gyfaill y daeth Wil Bryan iddo! A'r fath chwerthin iachus oedd drwy'r teulu oll pan ddarllenai Henri yn y gegin nos Sadwrn hanes Wil a'r doc, neu ei siars i Rhys Lewis, neu hanes Thomas Bartley, "tw bi shiwar," yn cael ei dderbyn yn aelod, neu yn ymweled â Dr. Edwards yn y Bala! Yn nesaf at y Beibl, *Rhys Lewis* a *Thaith y Pererin* yw ei lyfrau annwyl; ond nid yw yn darllen un llyfr ar nos Sul ond y Beibl a hanes Cristion.

Ond yr wyf wedi cymryd fy nhemtio i ddweud mwy nag a feddyliais. Nid hanes Henri yr wyf am ysgrifennu, ond hanes Gwilym a Benni Bach.

Yr hyn oeddwn am ddweud oedd fod Gwilym yn gwybod *Taith y Pererin* yn dda. Weithiau byddai yn cymryd y gyfrol fawr ac yn ei hagor, ac yn dweud ystyr y lluniau wrth Benni Bach. Yr oedd y stori o hyd yn newydd. Ni flinai un na'r llall ar glywed am y Bydol Ddoethyn a'r Efengylydd, am Ffyddlon yn marw yn Ffair Gwagedd, ac Apollyon yn cael ei goncro yn y Dyffryn. Ond o bob peth yn y llyfr, nid oedd dim oedd y plant mor hoff ohono â hanes Cristion yn y Tŷ Prydferth. Ni flinent byth ar glywed am y genethod glanwedd oedd yn arfogi Cristion cyn iddo ddisgyn i Ddyffryn Darostyngiad. Methai Gwilym yn lân â deall paham y bu Cristion mor ffôl ag ymadael erioed a'r fath gartref dedwydd.

"Pam na fydde fe'n aros yno, mami?" meddai.

"O," meddai Elen, "eisiau mynd i'r wlad well oedd arno fe."

"Ond ro'dd e'n eitha' saff yn y Tŷ Prydferth, ond o'dd e?"

"Wel, o'dd," meddai Elen.

"Wel, pam o'dd e'n 'madel i fynd i ymladd â'r hen Apollyon 'te?"

Ac i hyn nid oedd un ateb boddhaol i'w gael.

* * *

Cred ddiysgog Gwilym oedd mai yr ochr arall i Dywi, gerllaw Llangoediog, y safai y Tŷ Prydferth. Yr oedd weithiau yn gofyn i'w dad, pan oedd yn cychwyn i farchnad ddefaid Llangoediog,

"Dyta, fyddwch chi'n mynd ar bwys y Ty Prydferth heddi?"

"Wel, gobeitho y bydda i," atebai Henri, yn ffaelu â bod o'r galon i dorri ar ddychmygion diniwed y plentyn.

"Ga i ddŵad gyda chi?"

"Na, ddim heddi; mi gei di ddŵad yto rywbryd pan fyddi di'n henach."

Ac felly o fis byddai disgwyliadau Gwilym yn cael eu siomi.

Ond o'r diwedd daeth dydd pan na allai Gwilym aros yn hwy. Yr oedd yn ddiwrnod gerwin yn yr Hydref, pan mae'r coed yn cwyno ar ôl eu dail ac yn crynu yn yr oerfel. Yr oedd Elen wedi gwahardd y plant i fynd i'r ysgol rhag iddynt gael anwyd. Ond wrth edrych ar lun y Tŷ Prydferth gyda Benni Bach yn y neuadd, daeth hiraeth mawr fel ton dros galon Gwilym am weld y Ty Prydferth a siarad â'r genethod oedd yn byw yno. Ni ddywedodd air wrth neb, ond aeth allan i'r gegin, lle'r oedd Marged yn golchi'r llawr.

"Nawr Gwilym," meddai Marged, "peidwch chi dŵad ffordd hyn i ddwyno'r llawr ar 'yn ôl i â'ch trâd brwnt. Cerwch chi i aros i'r nouadd ne' dyma fi yn galw ar eich mami!"

Ni ddywedodd Gwilym air am beth amser. Ymhen tipyn meddai,

"Faint o ffordd sydd odd'yma i Langoediog, Marged?"

"Yn enw dyn, beth sy' ar y crwt bach?" atebai Marged. "Pwy ishe gw'bod hynny sy' amoch chi?"

"Na gwedwch, Marged fach," dywedai Gwilym, ac aeth y gwalch bach ymlaen ati a dododd ei law am ei gwddf diraen. Ni allai Marged ddal yn erbyn hyn.

"Rhyw filltir a haner, 'y nghalon i," meddai, â'i llais wedi tyneru mewn eiliad. "Nawr, cerwch o'n ffordd i, dyna fachgen da, ne me ga' i stŵr am beido gneud 'y ngwaith."

Ymaflodd Gwilym yn ei gap, ac aeth allan i'r awyr oer heb na chot fawr na chrafat i'w ymgeleddu.

Ni allai Gwilym feddwl am ddim ond am y Tŷ Prydferth. Aeth allan o'r clos, a dilynodd y ffordd fawr ar hyd yr hon yr oedd wedi gweled ei dad yn teithio lawer gwaith tua'r farchnad. Cerddodd yn gyflym nes iddo droi'r tro a myned o olwg Plas Newydd, ac yna, ar ôl pasio'r efail, cafodd ei hunan mewn gwlad oedd yn hollol ddieithr iddo. Edrychai gyda syndod a braw ar y coed tal oedd yn taflu eu cysgodion dros y ffordd, a thybiai na welodd erioed y fath goed mawr o'r blaen. Wrth groesi pont, dan yr hon y rhedai afonig fechan, credai ei fod yn clywed sŵn oeraidd yr Iorddonen. Yr oedd pob cam a gymerai yn ei atgoffa o rywbeth neu gilydd yn hanes Cristion, ond ni synnai—yn wir, ni ddaeth i'w feddwl—fod trefn y daith wedi newid ychydig oddi ar pan yr oedd Cristion wedi tramwyo y ffordd. Digwyddai pethau yn blith draphlith, ond ni wnâi hyn greu un drwgdybiaeth nac amheuaeth yn ei feddwl bach. Ar y llaw dde gwelai wal uchel, yr hon a amgaeai berllan y Plas Mawr, a meddyliai mai hon oedd y mur dros ba un y neidiodd Ffurfioldeb a Rhagrith. Ychydig yn nes ymlaen gwelai afal unig ar "bren Morgan Niclas" yn hongian dros ben y wal, a thybiai mai ffrwyth y gelyn oedd, o'r hwn y bwytaodd plant Cristiana. Ac yna gwelai gamfa yn y clawdd, a chredai mai dyma'r gamfa oedd yn arwain i Gastell y Cawr, a bu am beth amser yn chwilio yn ofnus am y penillion yr oedd Cristion wedi gerfio ar golofn i rybuddio pererinion o'u perygl. Wedi hynny cyfarfu â gŵr yn cerdded i gyfeiriad Plas Newydd. Tosturiodd ei galon wrtho ac ni wyddai yn iawn p'un a'i Meddal ai Anwybodus allai fod yn dychwelyd yn ôl i Ddinas Distryw. Penderfynodd un waith i siarad â'r ynfyd-ddyn, fel y gwnaeth Cristion o'i flaen, ond fel y dynesai y gŵr ato, syrthiodd arswyd a dychryn arno, ac aeth heibio, heb ddweud gair, gan benderfynu na wnâi ef, beth bynnag, ddim troi ei gefn ar y wlad well.

Erbyn hyn yr oedd yn teimlo yn oer ac yn flinedig, ond er fod hiraeth am gartref yn tynnu wrth linynnau ei galon, ymlaen yr elai o hyd. Credai ei fod wedi teithio milltiroedd lawer, pan nad oedd lawn filltir o Blas Newydd. Treiai gadw i fyny ei ysbryd drwy feddwl am rai o'r penillion hynny yr oedd Cristion mor hoff o ganu ar y ffordd, ond rywfodd ni roddent iddo gymaint cysur yn yr oerni ar yr heol noeth ag a wnaethent wrth ochr tân y neuadd ym Mhlas Newydd. Mynych y pallai ei benderfyniad. Arhosai nawr ac yn y man i edrych oddi amgylch, ac weithiau byddai yn gwanobeithio wrth gofio pa mor aml yr oedd Cristion yn yr hanes wedi colli ei ffordd. Ond cymerai gysur drachefn, ac er fod ochenaid yn gwasgu allan o'i anfodd ambell waith, ac er fod ei lygaid yn dechrau llanw o ddagrau, ni roddai fyny yr ymdrech. Ac yn ddisymwth, ar ôl troi tro yn y ffordd, gwelai dŷ, braidd ar ochr yr heol. Hwn, yn ddiau, oedd y Tŷ Prydferth. Edrychai arno yr ail waith, a sibrydai rhywbeth yn ei glust mai hwn oedd y lle, ac aeth ymlaen yn eofn, fel Cristion, at y drws.

Bu am beth amser yn petruso pa fodd y dylai wneud yn hysbys i'r merched oddi fewn fod pererin yno yn gofyn am lety. Yr oedd *knocker* ar y drws—ond ni wyddai Gwilym beth oedd ystyr a defnydd hwnnw, oherwydd nid oedd y fath beth â'r un drws ym Mhlas Newydd. O'r diwedd gwnaeth ei feddwl i fyny i guro â'i ddwrn yn erbyn y drws; ac, ar ôl gwneud, dychrynai wrth sŵn ei guriad gwylaidd. Ni fu raid iddo aros yn hir am atebiad. Yn ebrwydd agorwyd y drws gan y ferch lanaf a thecaf welodd Gwilym yn ei fywyd. Ni allai y pererin bach wneud dim ond edrych arni, ac yr oedd ei syndod a'i lawenydd gymaint fel yr anghofiodd ddweud dim wrthi.

"Beth ych chi'n mofyn, 'y machgen i?" meddai'r eneth o'r diwedd, a thybiai Gwilym na chlywodd y fath lais treiddgar, ac na chanfu y fath lygaid siriol erioed.

"A—a—ai dyma'r Tŷ Prydferth?" gofynnai ar ôl ymdrech galed.

"Y Tŷ Prydferth?" ebai'r forwynig. "Nage, 'machgen i. Brynhyfryd yw hwn."

"O, rown i'n meddwl taw hwn o'dd e," meddai Gwilym, a siomiant yn llanw ei lais. "Mae e'n gwmws yr un peth â'r llun."

"Pwy lun, fachgen bach?" ebai'r eneth.

"Y llun sy' gyda ni gatre yn *Nhaith y Pererin*," atebai Gwilym, "a 'rodd Tyta wedi gweud wrtha i mai ffor' hyn odd e yn rhwle."

Wrth glywed y plentyn o'r braidd na wenodd y forwynig, ond disgleiriai ei llygaid fel fioledau dan wlith y bore.

"A phwy ych chi 'nte?" ebai'r eneth ymhen ysbaid.

"Gwilym Plas Newydd w i," atebai'r plentyn.

"A pham o'ech chi am weld y Tŷ Prydferth?" ebai'r eneth drachefn.

Yr oedd Gwilym bron yn wylo erbyn hyn, er holl garedigrwydd y forwynig.

"O, rown i'n meddwl," dywedai, "y ceswn ni fyw o hyd yndo fe gyda Phwyll, a Chariad, a nhw i gyd, a fyswn i byth ym mynd bant o wrthyn nhw, byth, *byth*. A mae llun Cariad yn gwmws yr un peth â chi."

"Odi e, 'machgen bach i!" ebai'r Forwynig, â'i llygaid yn gwlitho yn fwy fyth, wrth godi Gwilym yn ei breichiau, a gwasgu ei ben cyrliog at ei grudd. "Ag rych chi wedi dŵad i weld Cariad yn y Tŷ Prydferth, odi chi? Wel, mi gewch chi 'i gweld hi, a cewch!"

A'r Forwynig a gymherth Gwilym i'w nhodded, ac a'i dygodd i'r tŷ, gan alw ar ei mam. A hi a'i rhoes ef i eistedd wrth dân hawddgar mewn ystafell brydferth, ac a eisteddodd yn ei ymyl, gan ei gynhesu a'i gusanu ac ymddiddan ag ef mewn geiriau caredig a difyr. Ac ymhen ysbaid ei mam a alwodd ar un o'i llawforwynion, a hi a roddes iddo ddiod a lluniaeth. A Gwilym a drigodd y dydd hwnnw ym Mryn Hyfryd, gan wledda ar ddanteithion melys, ac adrodd hanes y Cristion wrth y Forwynig a'i mam.

Ac yn y cyfamser, danfonwyd negesydd i Blas Newydd i ddweud wrth y teulu pryderus fod y pererin bach yn ddiogel yn nhŷ Mrs. Bevan, gweddw Mr. Bevan, y Siop Fawr, Llangoediog.

A phan oedd y prynhawn yn dechrau cilio o flaen y llwydnos, a llenni y nos yn disgyn dros y bryniau ar y dyffryn tawel, daeth Henri i ymofyn Gwilym o Fryn Hyfryd, yn llawn esgusodion dros Gwilym, a diolch am yr oll yr oedd Mrs. Bevan wedi wneud drosto. Ond nid oedd y Forwynig yn fodlon i ollwng Gwilym i ddychwelyd gartref. Aeth hi a'i mam i hebrwng Henri ac yntau yr holl ffordd i Blas Newydd, ac os byth y blinai Gwilym gerdded, ni ollyngai i neb i'w gario ond hi ei hunan Pan ddaethant hyd at Blas Newydd, erfyniodd am faddeuant i Gwilym, ac adroddodd yr hanes gyda'r fath deimlad a swyn fel na allai Elen wneud dim ond gwasgu y plentyn a gollwyd at ei mynwes, a dododd ef yn ei wely i gysgu wrth ochr Benni Bach heb ddweud yr un gair croes wrtho. Ac aeth y Forwynig i'r ystafell wely ar ôl i Gwilym ddweud ei bader, a chusanodd y ddau yn ysgafn, canys yr oeddynt erbyn hyn yn cysgu.

A phan ddihunodd Gwilym a Benni Bach bore drannoeth, wele, cawsant ddwy dafell fawr o deisen frau ar eu gobennydd, a dywedai Gwilym ei fod yn sicr mai rhodd Cariad oeddynt, ac yn hyn, nid oedd ymhell o'i le.

Pennod V
Gweddi Gwilym a Benni

Holwr heb ei ail oedd Gwilym. Yr oedd am wybod y cyfan am bawb a phob peth, ac ni fu cyfreithiwr erioed mor anodd ei dwyllo ag atebiad amhenodol. Yr oedd Elen, druan, wedi hen orfod rhoddi y gorau iddo, ac yr oedd ei dad yn dechrau ofni ei gwestiynau treiddgar.

Nid oedd dim yr oedd Gwilym mor hoff o wneud â gofyn cwestiynau ynghylch y Beibl. Un dydd Sul, pan oedd Gwilym ogylch saith mlwydd oed, yr oedd Mr. Jones, gweinidog Salem, wedi bod yn pregethu ar y geiriau "Llawer a ddichon taer weddi y cyfiawn." Arfer Mr. Jones bob amser oedd paratoi bwyd cryf i'r cedyrn, a bwyd gwan i'r gweiniaid. Ei gyngor yn wastad i bregethwr ieuanc oedd,

"Cofiwch, 'y machgen i, fod yn yr Eglwys, fel yn y byd, amrywiol ddoniau, ac mi ddylech roi rhwbeth iddyn nhw gyd. 'Dall Mari Tyffald, druan, ddeall dim ond stori fach—a do's gyda chi ddim hawl ei starfo hi er mwyn esbonio dyrys bethau'r ffydd i'r diaconiaid. Peidwch codi'r rhastal yn rhy uchel, 'y machgen i, neu cheiff yr ŵyn a'r defaid bach ddim bwyd Ac nid y rhai sy'n deall fwya sy'n gneud y crefyddwyr gorau'n wastad."

Ni fyddai Mr. Jones, felly, byth yn pregethu hyd yn oed bregeth "athrawiaethol," heb ddweud stori fach, neu wneud cymhwysiad syml ac agos o'r gwirionedd oedd ganddo dan sylw. Dywedai llawer fod hyn yn wendid. ynddo. Yr oedd yn ddoniol gweld fel yr oedd Daniel y Bryn, y diacon henaf a'r gŵr callaf yn Salem, yn gwrando ar Mr. Jones. Clustfeiniai ar y rhagymadrodd; eisteddai yn syth a byddai gwen foddhaus ar ei wyneb pan fyddai'r pen cyntaf yn cael ei drafod; yna delai'r stori—a phlygai Daniel ei ben a chaeai ei lygaid mewn cywilydd; ond pan ddelai'r pen diweddaf, agorai ei lygaid drachefn, a dangosai yn amlwg ei fwynhad. Ond, boed gwg, boed clod, yr un peth wnelai Mr. Jones.

"Tynnwch sylw'r bobl â'ch brawddeg gyntaf, 'y machgen i," arferai ddweud. "Ymresymwch ar eich pwnc yn y pen cyntaf—ceffyl cryf ddylai fod yn y *shaft*. Cymhwyswch eich gwirionedd yn y diwedd—ceffyl pert sydd eisiau yn geffyl blaen; a dodwch eich ceffyl *useful* rhwng y ddau."

Beth bynnag am werth ei gynghorion, y mae yn sicr fod Mr. Jones yn eu dilyn, ac mai efe yw'r pregethwr mwyaf poblogaidd yn y sir. Ac nid yw, yn ôl arfer rhai, wedi ennill ei boblogrwydd oddi cartref drwy esgeuluso ei eglwys ei hunan, oherwydd y mae yn parhau o hyd yn ei boblogrwydd yn Salem. Ond hyn sydd wedi fy synnu lawer gwaith—mai y ceffyl *useful*, fel y dywedodd yntau, sydd yn gwneud y gwaith gorau. Mae'r pen cyntaf yn boddhau Daniel y Bryn, ac ambell un arall; mae'r cymwysiadau pert, miniog yn cael effaith angerddol ar y pryd—ond yr hyn a ddywed, megis mewn cromfachau, rhwng y ddau, hwnnw sydd yn gafael yng nghof a chydwybod y rhan fwyaf o'r bobl!

Ac fel hynny y bu pan oedd yn pregethu ar "daer weddi y cyfiawn." Bu yn siarad am ychydig funudau, ynghanol ei bregeth, wrth yr hen wragedd a'r plant. Defnyddiai eiriau syml, dirodres, "hawdd eu deall, hawdd eu 'styried," ys canodd yr Hen Ficar.

"Ie," dywedai Mr. Jones, "pe tae gyda chi ond cymaint â hedyn mwstart o ffydd, chi allech wneud i'r Mynydd Du dreiglo i'r môr. Ond mae'n rhaid fod genych ffydd, mae'n rhaid i chi gredu y ceiff eich gweddi ei hateb. Rhaid i chi beido bod fel yr hen wraig honno fu'n gweddïo wrth fynd i'r gwely ar i'r Arglwydd symud ymaith y mynydd oedd o flaen drws ei thŷ. A phan gododd bore drannoeth a gweld y mynydd yno, "Rown i'n meddwl," meddai, "mai man hyn y byset ti wedi'r cwbl."

Yr oedd Daniel y Bryn yn caead ei lygaid ac yn crychu ei dalcen, ac yr oedd gwen led wawdlyd ar wyneb Mr. Thomas, yr hen ysgolfeistr, wrth glywed Mr. Jones yn disgyn i "glebran" fel hyn. Ond, wedi'r cyfan, dyna'r hyn lynodd wrth feddwl y gynulleidfa, ac yn enwedig wrth feddwl Gwilym.

"Mami," meddai ar ginio, ar ôl mynd gartref, "a fyse'r mynydd wedi mynd bant i'r môr ta'r hen fenyw yn *credu* y bydde fe'n mynd?"

"Bydde, o bydde," ebai Elen yn frysiog, oblegid yr oedd yn ofni beth oedd yn dyfod.

"A roiff Iesu Grist bob peth i fi os bydda i'n credu y ca' i e?"

"Gneiff" atebai Elen, "os bydd e ar eich lles chi i ga'l e."

"A neiff e i finne, Mami?" gofynnai Benni Bach.

"O gneiff, 'y machgen i," meddai Elen, "Cerwch chi mlân â'ch cino nawr, ne mi oerith y tato."

"A ta Tyta ddim ond gofyn iddo fe a chredu," meddai Gwilym, ar ôl tipyn o ystyriaeth, "fyse Tywi ddim yn llifo dros y ceie?"

"Na fyse, wrth gwrs," dywedai Elen yn swrth, tra roedd Henri bron â thorri allan i chwerthin.

"Wel, pam na fyse Tyta yn gofyn 'te?" meddai Gwilym, oblegid un o brif helbulon Henri yn y gaeaf a'r gwanwyn oedd y difrod a wnaed gan lif yr afon.

"Nawr, nawr," ebai Elen, "dyna ddigon o holi nawr. 'Mrowch chi i fyta'ch cino i chi ga'l mynd nôl mown pryd i'r ysgol."

A therfynodd yr holi a'r ateb, fel y gwnelai bob amser, drwy adael cywreinrwydd Gwilym heb ei ddiwallu.

Ni allai Gwilym lai na meddwl bore drannoeth am y peth wrth fynd i'r ysgol—oherwydd yr oedd y ddau bob dydd yn yr ysgol, Gwilym erbyn hyn yn Standard II, a

Benni Bach newydd gael ei symud i Standard I. Yr oedd yn ddiwrnod glyb, a gollyngwyd y plant lleiaf yn rhydd yn gynnar yn y prynhawn. Penderfynodd Gwilym. a Benni Bach groesi adref drwy'r caeau, yn lle dilyn heol y plwyf, a chan gymaint eu brys, ni wnaethant aros i gael cwmni Tom Brynglas a'r bechgyn mwyaf. Daethant yn ddidaro bron hyd at Blas Newydd, ond ar odrau Gwaun-y-Cwm yr oedd cwter agored. Nid oedd neb wedi meddwl taflu pont-bren drosti, gan mor fechan oedd hi, a gallai Benni Bach gamu drosti, fel rheol, yn rhwydd. Ond y dydd hwnnw yr oedd wedi bwrw glaw mor drwm, fel yr oedd y dŵr wedi llifo dros geulannau'r rhewyn. Safai Gwilym a Benni Bach yr ochr draw yn ffaelu dyfalu am amser beth i wneud.

"Trueni na fyse jacoise gyda ni," meddai Benni Bach. "Ro'dd Tom Brynglas yn cerdded drw'r pownd pw' ddwarnod arni nhw."

"Ie, ne 'ta ni'n gallu hydfan fel deryn bach," meddai Gwilym.

Ac yna buont yn cerdded yn ôl ac ymlaen i gael gweld os oedd lle y gallent gamu dros y ffrwd fach lidiog, ond methwyd gweled yr un. O'r diwedd meddai Gwilym,

"'Ta ni ddim ond gweddïo a chredu, falle y byse Iesu Grist yn gneud i'r dŵr 'ma fynd bant."

"Falle fe?" gofynnai Benni Bach, braidd yn amheus.

"Byse, wrth gwrs," dywedai Gwilym, yn fwy penderfynol nag o'r blaen. "Odi e ddim yn cofio beth wedodd Mr. Jones yn y cwrdd bore ddo?"

"Odw," meddai Benni Bach, gan deimlo mwy o hyder wrth weld fod Gwilym yn bendant ar y pwnc.

"Well i ni weddïo 'te, i'r dŵr fynd bant?" ebai Gwilym.

"O'r gorau," meddai Benni Bach.

"Ma'n rhaid i ni beido dwyno'n trowsus," ebai Gwilym, "ne' ma Mami'n siŵr o gadw stŵr â ni."

Aeth y ddau ychydig lethennau tu ôl hyd nes y cawsant le sych.

"Dodw e ei hancishêr dan ei benlinie," meddai Gwilym.

Taenodd y plant eu macynau poced ar y llawr, a phenliniodd y ddau arnynt â'u hwynebau at y gwter.

"Mae e'n agor ei lyged, Benni," meddai Gwilym yn ddisymwth.

"Nag w i," atebai Benni Bach, gan gaead ei lygaid yn dyn.

"Cofiw e 'te," dywedai Gwilym, "Ac eiff lesu Grist ddim â'r dŵr bant."

"Wi'n caead 'yn llyged yn howld ffast," meddai Benni Bach.

"O Iesu Grist," ebai Gwilym, "mae eishe mynd gatre ar Benni Bach a finne, ac yr yn ni am i ti fynd â'r dŵr yma bant. Amen."

"Amen," dywedai Benni Bach, gan agor ei lygaid.

Ond yr oedd y dwfr yno o hyd!

"Mae'r dŵr yma yto, Gwilym," meddai Benni Bach.

"O nag yw," meddai Gwilym, ar ôl meddwl am eiliad. "Nid dŵr yw hwnna."

"Beth yw e 'te?" gofynnai Benni â'i lygaid fel afalau. surion bach yn ei ben.

"O," atebai Gwilym gyda chymaint awdurdod â hen ddiwinydd, "y diafol sy'n treio'n twyllo ni mai dŵr yw e. Mae lesu Grist wedi mynd â'r dŵr bant."

"Odi e?" gofynnai Benni Bach, ac anghrediniaeth ym mhob goslef o'i lais.

"O odi," meddai Gwilym, gan fagu gwroldeb wrth ymresymu.

Ond nid oedd mor rhwydd argyhoeddi Benni Bach. O'r diwedd cafodd Gwilym yr afael drechaf ar ei amheuaeth, a dyma'r ddau yn cerdded tuag at y dŵr. Nid oedd Benni Bach yn eithaf boddlon, fe allai, ond elai Gwilym ymlaen yn benderfynol, a Benni Bach yn ei law.

Daethant i ochr y dŵr, yna aethant iddo. Dechreuodd y dŵr redeg at eu traed dros ymylon eu hesgidiau, a chyn pen hir yr oeddynt ynghanol y rhewyn, a'r dwr llwyd i'r lan dros eu penliniau.

Wedi cyrraedd yr ochr draw, ni ddywedodd Gwilym. air.

"Wi'n shwc-shac," gwaeddai Benni Bach, gan chwerthin, a cherdded ar flaenau ei draed, nes oedd y dŵr yn pistylhi allan drwy dyllau careiau ei esgidiau.

"Dewed, Benni Bach," meddai Gwilym, "mae Mami'n siŵr o ddyfrio'n ddychrynllyd."

Gwir a ddywedodd. Nid â geiriau yn unig y cosbodd Elen hwynt pan ddaethant i'r tŷ, ond bu ei llaw mor brysur â'i thafod am beth amser. Gorfu i'r ddau fynd i'r gwely yn union ar ôl cael te, ac yno, yn nistawrwydd yr ystafell dawel, bu Gwilym a Benni Bach yn rhyfeddu ac yn dadlau ynghylch yr helynt.

"Odi lesu Grist ddim yn folon gneud beth i ni am iddo neud?" gofynnai Benni.

"O odi, gwlei," atebai Gwilym gan synfyfyrio.

"Wel, pam odd e'n gellwn i ni lychu'n dillad?" meddai Benni.

Ni ddaeth atebiad Gwilym ar unwaith. Ar ôl eiliad neu ddwy o betruster, "Benni Bach?" meddai, "mi agores i'n llyged wrth weddïo."

Bu distawrwydd am beth amser ar ôl hyn.

"Gwilym?" meddai Benni Bach ymhen tipyn.

"Ie?" dywedai Gwilym.

"Mi agores inne'n llyged hefyd," ebai Benni Bach.

A chyn pen pum munud yr oedd y ddau yn cysgu yn dawel.

Pennod VI
Breuddwyd Benni Bach

Ni ellir dirnad y gwahaniaeth wnaeth siwrne Gwilym i'r Tŷ Prydferth ym mywyd y ddau blentyn. Yr oedd "Cariad," fel y mynnai Miss Bevan iddynt ei galw, byth a hefyd ym Mhlas Newydd ar ôl hynny, yn chwarae â'r plant, neu yn adrodd hanesion a dychmygion wrthynt. Ni chafodd neb erioed ffyddlonach gwrandawyr nag a gafodd Cariad yng Ngwilym a Benni Bach. Mynych y dychmygaf weld eto o flaen fy llygaid un o'r golygfeydd dedwydd hynny, pan fyddai Gwilym a Benni o'i hamgylch, yn lygaid ac yn glustiau i gyd, yn clywed am y tro cyntaf yr hanes am ddewrion Arthur a'r Ford Gron, neu am ystranciau y Tylwyth Teg, neu am wrhydri Buddug a Gwenllian, neu am ryfeddodau gwlad Arabia, a mil a mwy o bethau eraill na ddaeth i'w gwybod na'u meddwl erioed o'r blaen. A gwelaf, hefyd, yn eglur, ddarlun prydferth o'r Forwynig hygar, a'i llygaid yn dyhidlo sirioldeb, a'i gwallt eur-sidanaidd yn ffluwch, a'i gruddiau yn wridog gan fywyd nwyfus, a'i gwefusau—ond paham y gwnaf geisio disgrifio'r olygfa? Wrth edrych arnynt eill tri gyda'i gilydd ni allai nag Elen na Henri na finnau beidio teimlo'n calonnau yn cynhesu at yr hon oedd wedi llithro i'n bywyd, fel pelydr haul ar fore teg, i sirioli a goreuro y pethau distadlaf a ddigwyddai i ni.

Nid y plant yn unig oedd yn mwynhau yr ystorïau. Gwnâi Elen ryw esgus neu gilydd i fod yn agos i gael clywed am y rhyfeddodau. Eisteddai wrth ochr y bwrdd â sanau i'w gwyro neu waith gwnïo, ac o byth y gallai, tynnai Henri ei gadair at y golau gan esgus darllen ei lyfr newyddaf neu'r *Faner*, neu bryd arall, byddai yn llawn helbul yn ceisio gosod ar gof a chadw yn y "llyfr cownt" faint oedd wedi dalu i'r wniyddes dros Marged y llaethwraig, neu faint oedd Tom y waginer wedi cael o'i gyflog i fynd i ffair Gwyl Barna. Ond fel yr elai Cariad ymlaen â'i stori, anghofiai Elen ei sanau a Henri ei drafferthion ariannol, ac yr oeddem ninnau ein tri mor awyddus i glywed y diwedd â'r ddau blentyn. Amdanaf fi fy hun, nid gwiw i mi wadu i mi wario llawer mwy o amser ym Mhlas Newydd ar fy ngwyliau yr haf hwnnw nag oedd yn weddus mewn bachgen wyth ar hugain oed, oedd ond wedi newydd dechrau byd yn Abertawe fel meddyg. A phan elai Cariad yn ôl i'r Tŷ Prydferth, awn innau i'w hebrwng heibio i goed tywyll y Plas, yn methu dweud llawer wrthi, ond o! yr oedd fy nghalon yn mynd mor gynted â chalon Myfanwy yng ngardd Dinas Brân. Ac ar ôl i Gariad roddi ei llaw dyner yn fy llaw i wrth ddweud ei "Nos da" serchog ar drothwy drws Bryn Hyfryd, byddwn yn cerdded yn ôl i'r heol fawr ac yn gwylio'r tŷ hyd nes y byddai'r holl le yn dywyll ac yn dawel, ac wrth fynd gartref byddwn yn mwrnian canu'r *Deryn Pur*:

Pan ei gwelas, syth mi safas
Yn fy nghalon mi feddylias,
Wele'r ddynas, lana'r deyrnas,
A'i gwên yn harddu'r oll o'i chwmpas,
Mi fynswn gredu un dyn byw
Nad oedd hi ryw angylas.

Maddau im, ddarllenydd annwyl, am dy dywys fel hyn oddi ar y ffordd, ond y mae yn anodd osgoi weithiau dweud gair o brofiad personol. Ac os y cafodd ymweliadau Miss Bevan â Phlas Newydd gymaint o effaith arnaf fi, yr hwn wyf ŵr llariaidd a chyffredin, nid oes eisiau dweud iddynt gael dylanwad llawer mwy ar "y pererin bach," fel y galwai hi Gwilym, ac ar Benni ei frawd. Ym myd y dychymyg y byddai'r ddau fyw am ddiwrnodau ar ôl un o'i hymweliadau, ac yn y nos breuddwydient freuddwydion am bobl a gwledydd a phethau na chlywodd neb sôn amdanynt erioed.

Y mae pawb ym Mhlas Newydd yn credu mewn breuddwydion. Gwir fod Henri yn esgus gwneud sbri am ben Elen a'r morwynion ambell waith am eu bod yn dodi cymaint o dda arnynt, ond yr wyf yn dirgel gredu, ys dywed Mr. Jones, Salem, fod Henri â mwy o ffydd ynddynt nag yw yn foddlon cyfaddef. Yr wyf yn cofio dadl frwd iawn yn yr Ysgol Sul in tro ynghylch breuddwyd Pharaoh. Yr oedd Tomos y Crydd yn chwerthin ar ben y cyfan.

"Lol i gyd yw meddwl," meddai, "fod dal ar freuddwydon. Hawyr bach, odi dyn yn gallach pan mae e'n cysgu na phan mae e ar ddihun? Os yw e, gore i gyd pwy hwya y cysgwn ni! Gaton ni, pwy synnwyr sy' yn y fath beth?"

"Wel," meddai Henri, "odi chi ddim am ddweud na ddylen ni ddim credu beth mae'r Beibl yn ddysgu?"

"'Daf fi ddim i ddweud," atebai Tomos, "nag o'dd Duw yn llefaru yn yr amser gynt mown llawer dull a llawer modd. Yr oedd e'n arfer gneud gwyrthie—os gwyrthie i gweld nawr? Ro'dd proffwydi yn arfer bod ar y ddaear—do's dim un i ga'l nawr tu fas i'r Almanac. A pham y credwn ni'n ots am freddwydon?"

Nid yw Elen a Marged y llaethwraig yn cytuno, serch hynny, yn eu dull o ddeongli breuddwydion. Edrycha'r ddwy ar freuddwyd fel alegori.

"Y saith mlynedd newyn yn yr Aifft," y mae Elen yn hoff o ddweud, "ro'en nhw'n ca'l eu dangos dan ffurf saith o dda culion. Fel'ny, dyw breuddwyd ddim i ga'l ei ddeongli ond fel cysgod o rwbeth arall."

Ond tra yr oedd y ddwy, Elen a Marged, yn cytuno yn hyn, yr oeddynt yn gwahaniaethu yn eu barn ynghylch un peth pwysig iawn. Yr oedd Marged yn dweud y dylid dehongli breuddwyd "i'r gwthwyneb." Fel hyn: os y breuddwydiai hi y cawsai gariad newydd yn Ffair Galan Mai, byddai hynny'n arwyddo na chai gariad newydd am saith mlynedd. O'r ochr arall, yr oedd Elen o'r farn fod breuddwyd yn gysgod o'r hyn oedd i ddigwydd, ac er fod y cysgod, fe allai, yn gwahaniaethu rhywfaint oddi wrth y gwrthrych, eto ei fod yn ddigon tebyg iddo i alluogi "dynion hysbys" i adnabod beth oedd i ddisgyn i ran y breuddwydiwr.

Bu amser pan y credai Elen fod dal ar freuddwydion plant—ond yr oedd hynny cyn i Benni Bach ddatblygu ei gyneddfau breuddwydiol. Nid oedd Elen wedi colli pob ffydd ym mreuddwydion Gwilym, ond am Benni Bach—o'r braidd yr oedd yn fodlon gwrando arno yn adrodd ei freuddwydion wrth y ford ar frecwast. Un noswaith breuddwydiodd Benni fod cyrn wedi tyfu ar ei ben.

"A ro'en nhw'n tyfu at ei gilydd," meddai, "fel cym Crabi," (un o'r gwartheg).

"Beth sy' ar y plentyn?" dywedai Elen. "Cyrn yn tyfu ar eich pen chi? Mi gymersoch chi ormod o gawl i swper neithwr. Rhaid i fi beido rhoi swper i chi o hyn i ma's."

Ond nid ffolineb oedd y breuddwyd yng ngolwg Marged y llaethwraig.

"Rhaid i chi ei ddeongli e i'r gwrthwyneb, mystres fach," meddai Marged. "Ei ystyr e yw, 'stim dowt, na fydd byth gyrn ar ben Benni Bach, ond y bydd cyrn ar ei drâd e."

Ar noswaith arall breuddwydiodd Benni Bach ei fod wedi cael gafael mewn syflen fawr—y fwyaf welwyd dan haul—yn Rhandir Cae Mawr. Yn ei freuddwyd tybiodd ei fod ef a Gwilym wedi bwyta syfien oedd yn ddigon i'w gollwng ill dau i mewn iddi, ac iddynt i fyw am ddiwrnodau dan ei chysgod—fel y bydd milwyr fyw mewn pabell. Mor gryf oedd yr argraff adawodd y breuddwyd ar ei feddwl, ac mor sicr y teimlai y gallai fyd yn gymhwys at y fan a'r lle, fel yr aeth ef a Gwilym i'r cae i chwilio amdani; ond er chwilio am oriau, ni welwyd byth mo'r syfien.

Ond breuddwyd mwyaf nodedig Benni Bach oedd breuddwyd "Brenhin y Tylwyth Teg." Yr oedd Miss Bevan wedi bod yn dweud hanes y Tylwyth Teg wrth y plant, ac yn desgrifio'r bobl fychain a welodd y Bardd Cwsg yn dawnsio yn eu capau coch, fel haid o Sipsiwn, ar ben y mynydd. A'r noswaith honno, breuddwydiodd Benni Bach ei freuddwyd mwyaf hynod.

"Gwilym," meddai yn gynnar bore drannoeth, gan eistedd yn syth yn y gwely, â'i lygaid heb eithaf agor.

Yr oedd Gwilym yn cysgu'n drwm wrth ei ochr. Edrychodd Benni Bach arno am funud. Yna gorweddodd yn esmwyth, tynnodd y dillad dros ei ben cyrliog, a cheisiodd fynd i gysgu drachefn, gan furmur wrtho ei hun;

"Trueni ei ddihuno fe."

Mewn ychydig anesmwythodd drachefn, taflodd y dillad gwely oddi ar ei wyneb, ac arhosodd am rai munudau yn syllu ar ddwy gleren yn chwarae rhwng ei ben a'r *ceiling*. Ond yn fuan cododd ar ei eistedd yr ailwaith. Edrychodd drachefn ar ei frawd; dododd ei law ar ei ysgwydd,

"Gwilym," meddai yn ddistaw yn ei glust, "Gwilym."

"Be' sy'n bod?" gofynnai Gwilym heb agor ei lygaid.

"O, dyna freuddwyd ges i neithwr," dywedai Benni.

"O, gellw i fi gysgu," meddai Gwilym yn go sarrug. Arhosodd Benni Bach yn ddistaw am beth amser, ond eto aeth ei awydd i ddweud yr hanes yn drech na'i deimlad dros ei frawd.

"Gwilym," meddai, gan ei ysgwyd yn ysgafn "amboitu'r Tylwyth Teg rown i'n breuddwydo."

"Amboitu'r Tylwyth Teg?" dywedai Gwilym, gan godi ar ei eistedd, a'i lygaid yn agor led y pen.

"Ie," atebai Benni, gan wneud y gorau o'r cyfle, "rown i'n meddwl 'i fod e a fi ym mynd tua'r ysgol, ac ar dop y Cae Hir mi aroson i bigo shifi ar y clawdd."

"Hen freuddwyd amboitu shifi sy' gydag e yto," torrai Gwilym i mewn yn siomedig. "Rown i'n meddwl taw amboitu'r Tylwyth Teg o'dd e wedi breuddwydo."

"Arosw e fyned, i fi ga'l gweud," atebai Benni Bach. "Ac ar ôl pigo'r shifi dyma ni'n starto wedyn ac yn treio croesi'r sticil sy' ar ben Cae Hir, ond roen ni'n ffaelu'n lân!"

"Pam na allen ni groesi'r sticil?" gofynnai Gwilym.

"Dyna beth o'en ni'n ffaelu diall," meddai Benni. "Ta shwt y byse ni'n treio, doedd dim posib ei chroesi hi. Ac yna dyma m'n treio mynd nôl tua gatre ond do'dd dim posib i ni symud nôl na 'mlân."

"Hen freuddwyd dwl yw hwnna," ebai Gwilym yn wawdlyd.

"Gellw e i fi ddybenu," atebai Benni. "A dyna lle buon ni am wn i bwy cyd! Ag o'r diwedd dyma fi'n gweud, 'Wi'n ffaelu diall be' sy'm bod.' A chyda hynny dyma ni'n clywed rhywun yn gweud yn y berth, 'Licset ti wbod, licset ti'?"

"Pwy o'dd yn y berth te?" gofynnai Gwilym yn syn.

"'Dallen ni ddim gweld," meddai Benni. "A dyma fyne'n ateb miwn tipyn, 'Lycswn.' A dyma'r llaish yn gweud, 'Rwyt ti a Gwilym ynghenol cylch y Tylwyth Teg, a mae'n rhaid i chi'ch dou ddŵad gyda fi.'

'Pwy ych chi, syr?' mynte ni.

'Fi yw Brenhin y Tylwyth Teg,' mynte fe. A chyda'r gair dyma fe'n dŵad mas o'r berth."

"Shwt un o'dd e?" dywedai Gwilym, yn fwy syn fyth.

"Hen ddyn bach bitw, bitw o'dd e," dywedai Benni, "lawer llai na babi Pen Cae, ond ro'dd gydag e drâd mowr, mowr, ag ro'dd 'i wishgers e'n cwrdda'r llawr."

"Ych y fi!" meddai Gwilym, "wi'n falch nag y fi gwelws e."

"Ag ro'dd i laish e fel llaish Wil Tanlan yn canu bâs," aeth Benni ymlaen i ddweud.

"A beth 'nath e wedyn?" gofynnai Gwilym.

"Ro'dd gydag e ffon fach yn ei law," meddai Benni, "a dyma fe'n bwrw'r llawr â hono, ag yn gweud,

'Cer ffor' hyn,
Cer ffor' draw,
Hindda heddi,
Fory glaw'."

"Dyna beth mae Marged yn weud," torrai Gwilym i mewn.

"Ag yna," dywedai Benni, "dyma dwll mowr yn agor yn y ddaear na welse fe ddim o'r gwaelod! 'Dyna lle wi'n byw', mynte'r Brenhin, 'mae'n rhaid i chi ddŵad gyda fi.' A dyma fe'n clymu hancisher dros ein llyged ni, fel ta ni'n mynd i whare 'mangu lath,' a lawr o'en ni'n mynd am oriau."

"I genol y ddaear?" gofynnai Gwilym.

"Ie, i genol y ddaear," atebai Benni. "Ag o'r diwedd dyma ni'n dŵad i'r cenol yn deg, a dyma'r Brenhin yn gweud, 'Dyma'r lle wi'n Frenhin.' Ag wedyn mi dynws yr hancisher o ar ein llyged ni, ag o! Dyna le pert o'dd yno!"

"Beth o'dd 'no?" gofynnai Gwilym, yn lygaid i gyd.

"Yn y cenol ro'dd yno gader," ebai Benni, gan siarad yn bwyllog, "o'dd wedi ei gneud o our i gyd, ag ar honno ro'dd y Brenhin yn ishte. Ag ar ei phwys hi ro'dd cader o arian i gyd, ag ar honno ro'dd meniw fach, 'run peth â'r feniw fach o'dd ym byw yn ei hesgid, yn ishte lawr. A rownd amboitu ro'dd milodd ar filodd o ddynon bach â wishgers hir yn ishte ar gadeire bach o our neu o arian.

'Pwy yw'r 'rhain?' mynte'r feniw fach, gan bointo ato ni—hi o'dd y Frenhines.

'Gwilym a Benni Bach,' mynte'r Brenhin.

'Bant â'u pene, bant â'u pene,' mynte'r dynon bach gyda'i gilydd."

"Beth 'nethon ni wedyn?" gofynnai Gwilym, braidd yn ffaelu cael ei anadl gan ei ddychryn.

"'Neson ni ddim byd," atebai Benni, "wa'th 'ro'dd arno ni ormod o ofon. Ond mynte'r Frenhines wrth y Brenhin,

'Beth mae nhw wedi 'neud?'

'Roen nhw'n demshgyn ar y glaswellt yng nghylch y Tylwyth Teg,' mynte fe.

'Bant â'u pene, bant â'u pene,' mynte'r dynon bach i gyd wedyn.

'Falle nag oen nhw ddim yn gwbod,' mynte'r Frenhines.

'Nag oen ni wir, yn wir,' mynte ninne."

"Beth wedodd hi wedyn?" gofynnai Gwilym.

"'Peidwch torri pene nhw bant,' mynte hi, 'ond gnewch nhw i fyta'r fale sur.'

'Byta'r fale sur, byta'r tale sur,' mynte'r dynon bach gyda'i gilydd. A dyma'r hen Frenhin yn gofyn,

'P'un well geno chi, gael torri'ch pen chi bant ne fyta'r fale sur?'

'Byta'r fale sur,' medde ninne.

'O'r gore, te,' mynte'r Brenhin, 'dewch chi gyda fi.' A gydag e yr ethon ni, nes i ni ddŵad o'r diwedd i berllan fowr yn llawn o fale surion bach.

'Nawr,' mynte'r Brenhin, 'bytwch chi afal o'r pren hyn,' gan bointo at y pren cynta'. A dyma ninne'n byta'r fale, a doen nhw ddim yn sur o gwbwl!"

"Ddim yn sur?" dywedai Gwilym, "Pam oen nhw'n. galw nhw'n fale sur te?"

"O, nid am 'u bod nhw'n sur," atebai Benni, "ond am 'u bod nhw'n gneud i'r dynon o'dd yn 'u byta nhw i *ddryched* yn sur."

"Own i'n drychèd yn sur?" gofynnai Gwilym.

"Rown i ddim yn drychèd arno fe ar y cynta," meddai Benni. "Wath gyda'n bod ni wedi dybenu byta'r fale, rodd y Tylwyth Teg wedi gneud *ring* amboitu ni, a dyna lle'r oen nhw'n downso'n rownd i ni, fel ta nhw'n whare ring a ring a rosi, pic a pic a posi, ag yn sgrechen ag yn wherthin."

"Pam oen nhw'n wherthin?" dywedai Gwilym.

"Rown i'n ffaelu diall ar y cynta," atebai Benni, "ond fel roen nhw'n downso'n rownd i ni roen nhw'n canu,

'Trwyn, trwyn,
Drych ar eu trwyn,
Ond ôs fath olwg ar eu trwyn'."

"Hwfft!" meddai Gwilym, "dyna beth mae Cariad yn ganu."

"Wel, ta beth," ebai Benni Bach, "dyna beth o'dd y Tylwyth Teg yn ganu. A miwn tipyn dyma fi'n clwed rhwbeth mas o le ar 'y nhrwyn, a dyma fi'n dodi'n llaw arno fe."

"O'dd rhwbeth yn rong arno fe?" gofynnai Gwilym.

"Ro'dd e wedi pryfo nes o'dd 'i flân e'n cwrdda'r llawr," meddai Benni Bach yn ddifrifol.

"O'dd 'yn un i hefyd wedi pryfo?" gofynnai Gwilym, gan deimlo'i drwyn rhag ofn fod y stori'n wir.

"Ro'dd ei un e yn wath na'n un i!" atebai Benni, ond "ro'dd 'y nhrwyn i yn streit ac yn rhwbio yn erbyn y llawr o hyd. Ond ro'dd 'i un e yn gam fel cryman, a fel'ny do'dd e ddim yn rhwbio yn erbyn y llawr, ond ro'dd 'i fla'n e wedi rowndo rhwng 'i goese fe."

"Ych getsh!' meddai Gwilym, â ias o ychryd yn rhedeg drwyddo, "rwy'n falch na weles i e', ta beth."

"Ag ar ôl gneud spri ar'n pene ni am amser, dyma'r hen Frenhin," ychwanegai Benni, "yn gweud, 'Nawr, chewch chi ddim mynd gatre cyn y gallwch chi frochgau y gaseg hyddug.'

'O, gellwch iddi nhw i ga'l y trwyne bant,' mynte'r Frenhines.

'Na 'na i,' mynte'r Brenhin.

'Wel, gadewch i un ohoni nhw 'te,' medde hi wedyn.

'O'r gore,' mynte'r hen Frenhin."

"P'un o ni gas 'i wared e?" gofynnai Gwilym gan gydio drachefn yn ei drwyn.

"O," meddai Benni, "mi wedodd y Brenhin y celen ni redeg ras â'n gilydd, a'r un ffyste gese golli ei drwyn."

"A ph'un ffystodd?" gofynnai Gwilym.

"O," atebai Benni, "ro'dd 'y nhrwyn i ym bwrw yn erbyn y llawr o hyd, ag un tro mi cices e nes o'dd e'n pistyllo'r gwaed, ond ro'dd 'i drwyn e yn camu rhwng 'i goese fe, a mi alle fe redeg yn ôl reit, a mi ffystodd e fi o hewl."

"A shwt colles i 'y nhrwyn?" dywedai Gwilym.

"Ar ddiwedd y ras," ebai Benni, "dyma'r Frenhines yn dŵad ymlan ato fe, ac yn rhoi poeri'r gwcw iddo fe ar ddeilen dafol, ac ar ôl 'i rwbio fe, mi gwmpws i drwyn ar y llawr o'i flaen e. A dyma'r dynon bach yn gwaeddi ag yn screchen ag yn cydio yn y trwyn a'i gario fe bant gyda'i gilydd, ag yn gwaeddi,

'Trwyn, trwyn,
Drych ar eu trwyn,
Ond ôs fath olwg ar eu trwyn'."

"Ag o'dd 'i drwyn e yn aros o hyd?" gofynnai Gwilym.

"O'dd," atebai Benni, "ond ar ôl iddi nhw fynd bant i gyd, dyma'r Frenhines yn rhedeg nôl ag yn rhoi deilen dafol arall i fi â phoeri'r gwcw erni. 'Rhwbiwch chi e ar unwaith,' mynte hi, a gyda hynny, dyma, fi yn dechrau tishan, a mi gwmpws 'y nhrwyn ine ar y llawr!"

"A ffordd deson ni nôl gatre?' gofynnai Gwilym.

"Miwn tipyn," atebai Benni, "dyma'r hen Frenhin yn dŵad nôl wrth 'i hunan, a dyma fe'n gorwedd i lawr i fynd i gysgu.

'Drych di ar ôl y ddau fredych hyn,' mynte fe wrth 'i wraig, ag yna mi ddechrauodd hwrnu nes o'dd yr holl le yn crynu i gyd. A dyma'r Frenhines yn dŵad ato ni, ag yn gweud, 'Licech chi fynd gatre, 'mhlant i?'

'Licen,' mynte ninne.

'O'r gore,' mynte hithe, 'mi 'na i gaseg hyddug i chi nawr.'

A dyma hi'n mynd i grynhoi côd 'sgynydd, ag ar ôl ca'l coeled o heni nhw, dyma hi'n dodi nhw at ei gilydd ag yn cynnu tân.

'Dringadwch chi i ben y pren 'na,' mynte hi, 'a man gwelwch chi wreichonen yn dŵad i'r lan atoch chi, neidwch ar 'i phen hi a gwaeddwch:

Gaseg hyddug
Der' i'r golwg

a mi eiff hi â chi nôl yn ôl reit.' A dyma ninne'n dou yn dringad y pren, ag miwn tipyn rodd y tân yn cynnu a'r gwreichon ym mynd i'r lan, ond ro'dd dim un yn dŵad yn agos ato ni. Ag o'r diwedd dyma'r Frenhines ym mynd ar bwys lle ro'dd y Brenhin yn cysgu, a dyma hi yn plwco dou welltyn o'i hen e', ag yn eu towlu nhw i'r tân, ag yn gweud wrthi nhw:

'Wreichon mowr
Cerwch nawr.'

A dyna ddwy wreichonen fowr yn neido mas o'r tân, a dyma un o heni nhw yn dŵad ato fe ag un ata i, a dyma ni'n dou yn neido arni nhw, ag yn gwaeddi:

'Gaseg hyddug
Der' i'r golwg.'

A gyda hynny, roen ni'n ishte bagal abowt ar gefn caseg hyddug ddu fowr fel ta ni'n brochgau ceffyl, a lan â ni drwy'r twll fel y gwynt!"

"A ro'dd yr hen Frenhin yn cysgu o hyd?" gofynnai Gwilym.

"O'dd," atebai Benni, "ro'dd e'n cysgu pan oen ni'n dechre'r ffordd, ond pan oen ni wedi bod yn brochgau am amboitu awr, mi glywsen yr hen Frenhin yn hydfan lan whýr, whýr, ar ein hôl ni mor gynted ag y galle fe, ag roen ni'n clwed e'n dŵad yn nes, nes o hyd. Ond rodd y gaseg hyddug yn gynt nag e, a gyda'n bod ni yn gweld top y Cae Hir, dyma'r hen Frenhin yn rhoi sgrech ddychrynllyd—a gyda hynny mi ddihunes."

* * *

Nid oedd gan neb esboniad i roddi ar y fath freuddwyd, pan adroddodd Benni Bach ef yr ail waith ar frecwast. Er hynny, daeth "Stori Brenhin y Tylwyth Teg" yn un o draddodiadau'r teulu, a mynych y gwnaeth Cariad i Benni Bach ei hadrodd ar hirnos gaeaf wedi hyn, ac y mae'n rhaid cyfaddef fod y stori, cyn i'r gŵr bach ddybenu â hi, wedi tyfu mor hired a'i drwyn ar ôl bwyta afal sur y Tylwyth Teg.

Pennod VII
Chwarae Indiaid

“’Nwncwl!” meddai Gwilym wrthyf un diwrnod. “A welsoch chi ddyn du ariod?”

Yr oedd Cariad, mae’n debyg, wedi bod yn dweud rhywbeth wrth y plant yn ddiweddar am yr Ethiopiaid.

“Do, lawer gwaith,” meddwn innau.

“Allan nhw ddim ca’l ’u golchi yn wyn?” gofynnai Gwilym.

“Na allan,” meddwn innau, “wath ma’r lliw du yn ’u gwa’d nhw.”

“Odi gwa’d nhw yn ddu, ’te?” meddai’r gŵr bach. wedyn.

“Nag yw, am wn i,” dywedais, “do’s dim gwahaniaeth rhyngddo fe a gwa’d dyn gwyn.”

“Be’ sy’n gneud nhw’n ddu ’te?” gofynnai Gwilym.

Nawr, yr wyf mor ffond o blant â nemor i neb, ac y mae cymaint o amynedd gennyf ag sydd yn werth i ŵr ei feddu; ond mae yn rhaid cyfaddef nad oeddwn yn fodlon i gael fy holi a’m croesholi fel hyn gan Gwilym. Atebais ef, gan hynny, braidd yn swrth.

“Wi ddim yn gw’bod, ’y machgen i,” meddwn. “Beth sy’n gneud rhai pobol yn felyn ag erill yn goch?”

“Os dynon melyn a dynon coch i gal?” gofynnai Gwilym.

“Os, ma pobol China yn felyn,” atebais, “a mae’r Indied sy’ yn America yn goch.”

“Shwd mae Indied, ’te, yn America?” holai’r plentyn. “Rown i’n meddwl taw yn India ro’en nhw’n byw.”

Yr oeddwn yn y ddalfa, ac nid oedd modd diangid, Gwnes y gorau o’r gwaethaf, a chymerais haner awr, neu ragor, i ddweud yr holl hanes wrth fy nai. Adroddais fel y darfu i Golumbus hwylio ymaith gan feddwl taro ar draws ffordd newydd i India, fel y darganfyddodd America ac y credodd mai India oedd y wlad, ac fel y galwodd y trigolion yn Indiaid.

"A nit Indied y'n nhw'n reit?" gofynnai Gwilym.

"Nage," meddwn innau, "do's dim shiwrans pwy y'n nhw. Ro'dd rhai yn arfer gweud mai Cymry o'en nhw."

"Shwt o'en nhw'n Gymry?" holai Gwilym. "Odi nhw'n gallu siarad Cwmrâg?"

"Na, nit Cymry y'n nhw," atebais, "ond ro'dd yr hen bobol 'slawer dydd yn credu taw Madog, mab i un o frenhinoedd Cymru, oedd wedi câl gafel gynta' yn America, a mai plant Madog, neu y Madogwys, oedd yr Indied Coch. A mi dda'th un ffeirad 'nôl i'r wlad hyn i ddweud ei fod e wedi bod yn trafaelu ar lan afon fowr yn America, ymhell o wrth un tre neu bentre, ag iddo gal 'i ddala yn ddisymwth gan yr Indied coch. A dyma'r Indied, yn credu taw Sais oedd e, yn penderfynu ei ladd e."

"O'en nhw'n lladd pob Sais te?" meddai Gwilym.

"O'en, y pryd hynny," atebais.

"A fysen nhw'n lladd Mr. Hartland?" dywedai Gwilym.

"Gynta bysen nhw," meddwn, gan chwerthin. "A dyma nhw'n clymu'r ffeirad, â rhaff wrth stanc, medde fe, ag yn partoi gogyfer a'i losgi e."

"Pam o'en nhw'n 'i losgi e?" gofynnai Gwilym.

"O, dyna'r ffordd o'dd gyda nhw i ladd eu gelynion," atebais. "A phan oedd e wedi cal ei glymu, a'r tân yn dechre cynnu, dyma'r ffeirad yn gweddïo'n Gymrag. Man clwodd yr Indied, dyma nhw'n dechre dryched ar ei gilydd, a dyma'u Capten nhw yn gweud ym mhen tipyn:

'Hei'r dyn!' mynte fe, 'nit Sais ych chi?'

'Nage,' mynte'r ffeirad, 'Cymro bach w i o sir Drefaldwyn.'

'Cymry y'n ninne hefyd,' medde'r dyn coch, 'a dyn ni ddim yn mynd i ladd ein brawd.'

A dyma fe yn gwasgar y co'd tân, ag yn torri'r rhaff, ag yn gellwn y ffeirad yn rhydd!"

"Am mai Cymro o'dd e?" dywedai Gwilym.

"Ie, medde fe; ond do's neb yn credu'r stori nawr."

"Ond 'ta fe'n Sais," ebai Gwilym, "mi fysen nhw wedi ladd e?"

"O bysen, yn go siŵr," atebais innau.

Llawer gwaith bu yn edifar gennyf ar ôl hyn i mi ddechrau ar hanes y gwŷr cochion. Ni chefais lonydd cyn i mi ddweud yr oll a wyddwn—a mwy na'r oll—am Indiaid America—fel y maent yn byw mewn wigwams, ac yn dal ceffylau gwyllton a *lassoes*, ac yn 'scalpo' eu gelynion, ac yn tynnu mwgyn o 'bib tangnefedd' gyda llawer iawn o fanylion eraill oeddwn yn gallu eu cofio o ystorïau Fenimore Cooper a Mayne Reade.

Ychydig a wyddwn, serch hynny, i ba ddefnydd yr oedd fy neiaint yn dodi eu gwybodaeth newydd, a pha beth fyddai'r canlyniadau. Ni ddeuthum i wybod y cyfan am fisoedd wedi hyn, oblegid bu raid i mi ddychwelyd yn gynt nag y disgwyliwn at fy nghleifion yn Abertawe. Ond gwnaf fy ngorau i ddweud yr helynt fel y clywais ei adrodd gan Elen a Henri a Chariad, er nad oeddwn yn llygad-dyst ohono.

*   *   *

Y mae yn debyg y byddai Gwilym yn ail-adrodd yr hanes am y bobl gochion wrth Tom Brynglas a phlant yr ysgol, ac yr oedd 'plant yr hewl isaf' yn gwybod, cyn bo hir, fwy am Indiaid America nag am drigolion un wlad arall dan haul.

Un diwrnod teg, meddai Tom Brynglas yn ddisymwth, "Beth ta ni'n gneud wigwam, fechgyn?"

Rhoddwyd derbyniad croesawus i'r awgrym, ac ni fachludodd haul heb i'r cynllun gael ei berffeithio. Cyn pen wythnos yr oedd tŷ o wiail a rhedyn wedi ei godi yn y Cae Carw ar y ffordd rhwng Plas Newydd a'r pentre. Ni fu erioed gwmni mwy hapus na byddin Tom Brynglas un prynhawn dydd Gwener yn y Cae Garw. Yr oedd y wigwam, erbyn hyn, yn barod, ac yr oedd Tom a Gwilym a Benni Bach yn dathlu yr amgylchiad drwy fitshan o'r ysgol. Eisteddai Tom wrth ddrws y wigwam, a phib glai yn ei geg, yn smoco dail troed-yr-ebol. Eisteddai Gwilym a Benni Bach ar bob ochr iddo, a'u coesau wedi eu croesi, fel dau deiliwr bach. Yn eu llaw dalient bob i bib glai ddu—eiddo Tom y Waginer—ond nid oedd ganddynt na dail na dim ynddynt, er y gwnaent esgus dynnu mwg drwyddynt. Gerllaw yr oedd darnau o raffau, a chwlwm dolen ar bob un, ac o'u blaen, er ei bod yn ddiwrnod twym ym Mis Medi, yr oedd tân coed yn mygu ac yn fflamio. Yr oedd difrifoldeb nid bychan ar wynebau brwnt y tri, ac am beth amser ni wnaent siarad gair â'i gilydd.

"A welsot ti y *mustangs* ffordd hyn yn ddiweddar?" gofynnai Tom Brynglas o'r diwedd, heb wên ar ei wyneb.

"Naddo ddim heddi," atebai Gwilym yr un mor ddifrifol. Ond tynnai Benni Bach wrth ei bib heb ddweud gair. Nid oedd golwg rhy dda ar y gŵr bach erbyn hyn. Yr oedd ei wyneb yn welw, ac, ymhen tipyn, gollyngodd i'r bib gwympo o'i law.

"Be' sy'n bod, Benni?" meddai Tom Brynglas.

"'Stim byd yn bod arna i," atebai Benni yn benderfynol.

"Odi e'n dost?" meddai Tom eilwaith,

"Ma'r bib *yma'n* gryf, hefyd," torrodd Gwilym allan i ddweud, gan osod ei un ef ar y glaswellt. Gwyddai Gwilym beth oedd yn bod.

"M-m-ma'r hen luwch yma o'r bib yn stico yn 'y ngwddwg i," dywedai Benni o'r diwedd.

"Mi ddweda i beth 'newn i," meddai Tom Brynglas, "mi bigwn fwyar coch. Do's dim fel mwyar coch i wella dyn ar ôl smoco gormod."

"Mi licwn i ga'l mwyar," atebai Benni. Ac ymaith yr aeth y tri i berth y cae i bigo mwyar a'u bwyta wrth eu. pigo. A gwir a ddywedodd Tom Brynglas am effaith mwyar coch; oblegid cyn pen haner awr yr oedd Benni Bach wedi llwyr wella o'i anhwylustod.

Ond cafodd y mwyar effaith arall ar y plant. Edrychodd Gwilym ar benau ei fysedd, a gwelodd fod sudd y mwyar wedi eu cochi.

"Hei boys,' meddai, "mae'n mysedd i fel bysedd y dynon coch."

"Ga i weld?" dywedai Tom, gan redeg ato. Ac ar ôl gweled y wyrth, daeth rhywbeth arall i'w feddwl.

"Beth ta ni'n lliwo'n hynen yn goch, boys?" meddai. "Dyn ni ddim yn dryched fel Indied fel hyn."

"Shwd gallwn ni?" gofynnai Gwilym.

"Wrth wasgu'r mwyar yn erbyn ein gwynebe," atebai Tom, "ag yna fydd neb yn ein nhabod ni o gwbwl."

Nid cynt y gair na'r weithred. Paentiodd Tom Brynglas Gwilym a Benni Bach, a phaentiasant hwythau Tom, ac ni fu ar haid o Indiaid olwg mwy gwyllt a dieithr nag oedd ar y tri chrwt pan aethant yn ôl i'r wigwam.

Ond nid oes nyth heb ddraenen, ac nid oes dedwyddwch heb helbul. Tua thri o'r gloch y prynhawn pwy ddaeth atynt ond hen elyn Tom, William Jones, y *pupil-teacher*.

"Nawr *boys*," meddai fe, "beth ych chi'n neud man hyn? Pam na ddewch chi i'r ysgol?"

"'Whare Indied y'n ni," ebai Tom Brynglas, yn araf, gan dynnu mwgyn o'i bib, "a dyn *nhw* ddim ym mynd i'r ysgol.'

"Gewch chi weld fod yn rhaid i'r Indied hyn fynd. i'r ysgol," atebai William. "Mae Mr. Hartland yn benwan mas natur, a mae e wedi'n hala i i'ch moin chi. Dyma'r trydydd prynhawn 'r wthnos yma rych chi wedi mitshan o'r ysgol."

Ond nid oedd yn bosibi gwneud dim â Thom Brynglas wrth ymresymu ag ef, a gwyddai William Jones yn rhy dda mai gwell oedd peidio gwneud dim ond trwy deg. Ond pan welodd nad oedd dim yn tycio, penderfynodd nad elai yn ôl i'r ysgol yn waglaw. Credai fod ganddo ddigon o ddylanwad ar Benni Bach i wneud iddo ef, beth bynnag, ufuddhau.

"Nawr, Benjamin," meddai, "mae'n rhaid i chi, ta beth, ddŵad 'nôl gen i."

"Gadewch chi rhynta *i* a Benni Bach," meddai Tom yn fawreddog.

"Na wna i," atebai William Jones, gan dreio cael gafael ar Benni.

Ond yr oedd y gŵr bach ar ddihun ers meitin, a dechreuodd redeg o gylch y wigwam a William Jones ar ei ôl. Coesau byr oedd gan Benni ar y gorau, ac yn fuan buasai wedi syrthio yn ysglyfaeth i fab hir-goes y Wern, oni bai am Tom. Cydiodd Tom yn un o'r rhaffau, taflodd y ddolen ar ei phen am ysgwyddau William Jones, a thynnodd hi mor dyn nes y gwaeddodd William gan ei boen.

"Dyma fe wedi ddala, boys," meddai Tom. "Beth ta ni'n 'i rosto fe, hei?"

Gryda'r gair, yr oedd Tom wedi syrthio ar William, a chyn i hwnnw gael amser i wybod yn iawn beth oedd yn digwydd, yr oedd yn garcharor, heb allu syflyd llaw na throed, oblegid yr oedd ei goesau a'i freichiau wedi eu clymu.

"Beth ta ni'n ei beinto fe'n goch?" meddai Tom Brynglas.

"Dal di e," atebai Gwilym, yn llawn sêl, "a mi af fi i moin rhagor o fwyar."

Yn ofer yr ymbiliai William am drugaredd a rhyddhad. Mewn ychydig daeth Gwilym a Benni yn ôl â mwyar yn eu dwylo. Tom Brynglas fu yn paentio wyneb William yn goch, ac ni chafodd Jezebel well hwyl ar y fath waith.

"Ond odi e'n dryched yn bert," meddai, ar ganol ei orchwyl. Yr oedd William, erbyn hyn, ar ei hyd ar y llawr, a Tom yn eistedd arno, a Glwilym a Benni yn helpu dal ei ben. "*Wo, my beauty! Stand you steady!* Tipyn bach rhagor o liw coch ar i drwyn e—wo, 'na ti, 'machgen i—dyna fe nawr, ryt ti'n dryched fel ta ti wedi hyfed cymaint o licer â Dai Llwyncelyn."

Ac ni chai haid o Indiaid fwy o ddifyrrwch wrth ddawnsio o beutu carcharor nag a gâi y plant wrth neidio a bloeddio o gylch corff syrthiedig William Jones. Yn wir, ni allai William lai na chwerthin, ynghanol ei holl drallodion, wrth weld Benni, â'i wyneb yn goch fel cwmwl pan fachluda haul ar ddiwrnod teg, yn carlamu yma a thraw â gambwlet yn un llaw a bwa yn y llall!

Ond daeth diwedd trist a buan i'w pleser. Cyn iddynt feddwl am berygl, yr oedd Mr. Hartland a mintai fawr o blant yr ysgol ar eu gwarthaf. Nid gwiw oedd iddynt wingo yn erbyn y symbylau, na cheisio dianc rhag y llid oedd yn eu haros. Yr oedd Mr. Hartland wedi trefnu ei fyddinoedd ym mlaenllaw, ac wedi llwyr amgylchynu'r gwersyll. Gwnaeth Tom i Gwilym a Benni blygu ar eu gliniau â bwa a saeth yn eu llaw. Penliniodd yntau hefyd, ac yn y modd hwn, fel y Piwritaniaid gynt, disgwyliai y tri ruthr y gelyn. Anelodd Tom ei fwa, saethodd ei saeth, a chlwyfodd un o'r gelynion. Ond ni allai Gwilym a Benni gadw eu saeth ar y llinyn, gan gymaint eu dychryn, ac, felly, ar ôl brwydr fer ac anhyglod, gorfu iddynt daflu eu harfau i lawr, a chymerwyd hwy yn garcharorion gan fyddin yr ysgolfeistr. Datodwyd rhwymau William Jones, rhoddwyd Tom Brynglas i'w ofal, ac yna, cludwyd y tri mitsher, mewn gorymdaith orfoleddus, i'r ysgoldy.

Ni chawsant gyfle i amddiffyn eu hunain—pe, yn wir, y gallent fod o'r wyneb i geisio gwneud y fath beth. Adroddodd William Jones yr hanes fel y cafodd ei drin, ac heb ragor o ragymadrodd, disgynnodd gwialen Mr Hartland fel cawod o gesair ar eu hysgwyddau, eu cefnau, ac, hyd yn oed, ar eu coesau, nes yr oeddynt yn llosgi drostynt. Yr unig un o'r tri fethodd ddioddef y gosb heb lefain oedd Benni Bach. Yr oedd y dagrau yn rhedeg lawr dros ei ruddiau cochion, ac yn golchi ymaith y lliw mwyar, ac yn gadael rhychau llydain o'i groen claerwyn ei hun yn y golwg. O'r diwedd, cafodd Benni Bach hyd yn ei le ei hunan yn Standard II, ac eisteddodd i lawr gyda'r plant eraill wrth y desg. Ni allai eistedd i'r lan yn syth, ond plygodd ei ben ar y desg, a dyrchafodd ei lef mewn wylofain.

"Sit up straight, sir," crochlefai Mr. Hartland uwch ei ben.

Nid oedd llef nac ateb ond igian a wylo.

Cynddeiriogodd yr ysgolfeistr o'r newydd, a disgynnodd gwialenodau geirwon ar gefn Benni Bach.

"Sit up straight, sir," meddai'r athro, wedyn.

"C—c—can't, sir," atebai Benni Bach rhwng ei ochneidiau.

"Why not, sir?" llefai Mr. Hartland yn sarrug, gan afael yn dynnach yn ei wialen.

Nid oedd gan Benni Bach ddigon o Saesneg i'w ateb.

"Why not, sir?" gwaeddai'r athro yn fwy bygythiol fyth.

"Wi wedi torri'n ngalasis, syr," meddai Benni, â'r dŵr yn bwrlwmu o'i lygaid.

Ac ni ddisgynnodd y wialen drachefn.

*   *   *

Ni fu Mr. Hartland yn hir yn Llanelwid ar ôl hyn. Yr oedd efe ei hunan wedi hen flino ar "these horrid little

Welsh ruffians," ac yr oedd aelodau'r Bwrdd wedi cael llawn digon ar un oedd yn defnyddio'r wialen mor aml ac mor greulon. Nid oedd Miss Bevan, hefyd, heb ddylanwad ar Henri. Dangosodd iddo y ffolineb a'r anghyfiawnder o gael Sais unieithog i ddysgu plant Cymreig, ac, felly, pan ddywedodd Mr. Hartland ar ddiwedd y flwyddyn ei fod wedi derbyn 'galwad' i fynd yn ôl i'w wlad ei hun, ni chodwyd un gwrthwynebiad yn y Bwrdd.

Ond am Tom Brynglas, ni welwyd ef mwyach yn ysgol Llanelwid ar ôl y dydd Gwener hwnnw. Dydd Sadwrn aeth ei dad ag ef i Gaerfyrddin, a'r wythnos ar ôl hynny, nid Tom Brynglas oedd y gwron mwy, ond Mr. Thomas Thomas, clerc yn siop yr Afr Aur yn hen dref Caerfyrddin.

Pennod VIII
Gwilym a Benni yn Abertawe

Amser gwyliau yw'r Nadolig i bawb ond *cooks* a doctoriaid, a, digon tebyg, pe cymerai'r cogyddion eu gwyliau ar yr adeg hon, y cawsai'r doctoriaid fwy o hamdden hefyd. Ond fel mae pethau'n bod, amser prysur iawn i feddyg yw'r Nadolig. Nid oeddwn erioed wedi meiddio hepgor diwrnod i redeg i'r lan o Abertawe i Blas Newydd ar ddiwedd y flwyddyn, ac, a dweud y gwir, nid oeddwn wedi teimlo fy nghaethiwed yn faich. Yn wyf yn cofio yn dda fel yr hoffwn dalu ymweliad â'r farchnad y dydd Sadwrn cyn Nadolig yn y blynyddau cyntaf ar ôl i mi sefydlu yn Abertawe. Nid oedd gennyf lawer i wneud yr amser hwnnw, ond gwyddwn fod fy nghynhaeaf gerllaw pan welwn y gwyddau a'r twrcis breision yn rhestri yn y farchnad.

"Ha gyfeillion," dywedwn yn ddistaw wrthyf fy hun, "chi yw'r ffrindiau gorau sy' gan ddoctor ifanc! Gwell ydych na'i berthnasau agosaf, mwy dylanwadol na'i enwad na'i gapel, rhowch fwy o waith na chymdeithas *Insurance* na chlwb! O ardderchocaf wyddau, cymerwch y deyrnged hon o barch i'ch gallu, ac o ddiolchgarwch am y nodded a estynnwch i ddoctor bach wrth ddechrau ei fyd!"

Ond, rywfodd, y Nadolig ar ôl y digwyddiadau a gofnodais ddiweddaf, teimlais am y tro cyntaf fy mod yn gaethwas i fy nghrefft. Yr oeddwn, erbyn hyn, wedi ymadael â fy *lodgings*, ac wedi dechrau "cadw tŷ" oddiar Calan Gaeaf, ac yr oedd Marged, hen laethwraig Plas Newydd, yn deuluyddes i fi yn Cadog Street. Mawr fu fy nisgwyliadau a'm gobeithion pan es i fyw i dŷ fy hunan. Ffarwel mwyach, meddwn, i anghysur a diflastod ac aflonyddwch; cawn bopeth wrth fy modd yn fy nhŷ fy hun; ac yr oedd Elen a chymaint o ffydd ym Marged fel y dywedai na wnâi fadel â hi er mwyn *neb* ond myfi.

Treiodd Marged ei gorau glas i fy ngwneud yn gysurus. Yr oedd yn hoff iawn o ddyfod i mewn i'r *study* fach lle yr arferwn dreio cymryd ychydig fwyd, pan fyddwn ar frecwast. Deuai i mewn i'r ystafell, gosodai y te a'r tost a'r pethach ar y ford, dywedai "Bore da," a gofynnai os oedd y gwely yn gysurus, ac yna aethai allan ar ffrwst. Nid cynt, serch hynny, y gosodai un droed dros y trothwy nag y buasai yr ia oedd wedi rhewi ei thafod yn flaenorol yn dadlaith ar unwaith. Troeai ei hwyneb ataf, cydiai ym mwl y drws ag un llaw, a daliai y llestri yn y llaw arall, ac yna dylifai ffrwd ei huodledd am ysbaid hir.

"Wi'n gobeitho, mishtir bach," meddai un diwrnod ychydig cyn Nadolig, "y gwedwch chi wrtha i os nad 'w i yn eich gneud chi'n gysurus 'ma. Mae arna i ofan, yn yng ngwir i, nag w i ddim, ond wi'n gneud 'y ngore, ag odw, ac os gwelwch chi fod yn dda i weud wrtha i os bydd rhwbeth yn rong—wath mi fyse arna i gwilydd i weld eich chwaer, Mrs. Morgan, am na fyddwch chi'n lico i. A beth fynnwch chi i gino heddi? 'Stim ots gyda chi beth? Os ôs, mae'n *rhaid* fod yn well genno chi rwbeth. Ga i baratoi whyad fach i chi, ne ffowlyn bach neis? Na? Wel, mi bryna i ribyn o *beef*—rodd mystres yn arfer bod yn ffond iawn o hwnnw, ag rodd hi'n wastod yn i fynid e pan fydde'r Mis ym Mhlas Newydd, wath, fel odd hi'n arfer gweud, rodd pawb yn rhoi ffowlyn neu whyad i'r pregethwyr, ag yr oedd tipyn o gig eidon yn foethyn iddyn nhw. Rodd gweld anghyffredin ym mystres! Glwsoch chi shwt mae nhw tua Plas Newydd, syr? Mae hireth ambeidus arna i, weithe, i weld y plant. Odi nhw'n dŵad lawr dros Nadolig? Rych chi ddim yn ceisio gweud! O mae'n dda gen 'y nghalon i! Mi fydd fel ta ni ym Mhlas Newydd yto, ond bydd e? Pryd maen nhw'n dŵad? Heddi, wedsoch chi? O'r annwl fach, mae'n rhaid i fi ddodi dillad gwely i galedu ar unwaith. Dos dim iws i'r bitws bach ga'l gwely llaith. Mae gwely llaith wedi bod yn ange i ddyseni cyn hyn, ond cheiff neb weud nag yw'r hen Farged—ond dyna *fanners* sy' gen i—yn siarad â chi, misthir bach, fel hyn â'r drws ar gil-agor! Cofiwch chi ganu'r gloch os bydd eishe rhwbeth arnoch chi." Ac ymaith â hi fel lluwch o flaen corwynt!

Yr oeddwn wedi gofyn yn fynych i Elen os cawsai Gwilym a Benni Bach ddod i aros gyda fi, ond yr oedd Elen ag ofn eu hymddiried i ofal *lodgings*. Ond yn awr yr oedd gennyf dŷ fy hun a Marged yn ei gadw. Un noson, ar ôl cau'r drws maes, a phan oeddwn yn tynmu y mwgyn diweddaf yn fy *study* cyn mynd i'r gwely, dechreuais, yn ôl arfer hen lanciau, a chydymdeimlo â fy hunan yn fy unigrwydd. Meddyliais am y croeso calon fyddai yn fy aros ym Mhlas Newydd; a dychmygais fy ngwled yn eistedd yn y gadair freichiau wrth dân siriol y neuadd, a Henri yn darllen wrth y ford, ac Elen yn cwyro sanau neu yn gwnïo botwm ar grys, a Gwilym a Benni Bach yn gwrando ar fy storhaus ar fy nglin. Golygfa lonydd, dawel, ymhell o sŵn a dwndwr tref a dinas, ond O! fel yr hiraethai fy nghalon amdani! A phaham y gwnaf wadu fod un gwyneb hawddgar yn ymddangos yn wastad yn narlun fy meddwl—gwyneb a welwn o flaen gwyneb neb—gwyneb a garwn yn fwy na gwyneb car na chyfaill na pherthynas yn y byd? Ni allwn ymatal rhag codi oddi wrth y tân ac eistedd wrth fy nesg ar unwaith i ysgrifennu llythyr at Elen i ofyn iddi os y boddlonai i mi gael benthyg fy neiaint dros y Nadolig. A'r bore hwnnw, pan am yr ugeinfed waith y bu Marged yn esgusodi ei *manners* am gadw'r drws yn gil-agored wrth siarad â mi, yr oeddwn wedi derbyn llythyr o Blas Newydd i ddweud y byddai Gwilym a Benni Bach. ym cyrraedd stesion Abertawe gyda'r trên un-ar-ddeg o'r gloch, ac y byddai Miss Bevan, Bryn Hyfryd, yn dod i'w hebrwng.

Yn brydlon am un ar ddeg o'r gloch yr oeddwn yn y stesion yn disgwyl fy neiaint a Miss Bevan. Ond nid oedd sôn am y trên erbyn i mi gyrraedd yno. Daeth pum' munud a deg munud wedi un-ar-ddeg; am gwarter wedi, es at un o'r swyddogion a gofynnais iddo beth oedd wedi dod o'r trên.

"Odi chi'n dishgwl rywun gyda'r trên, Dr. Davies?" gofynnai'n eithaf didaro.

"Odw, odw," atebais, "rwy'n dishgwl fy neiaint bach."

"O," meddai, "rwy'n erfyn y bydd y trên yn ddiweddar heddi, wath dyma ddwarnod y farchnad Nadolig."

Cerddais ymaith ar frys, rhag i mi yn fy ngwylltineb felldithio'r dyn a'r trên. Garw mor lleied o gydymdeimlad a geir yn y byd! Dyna lle'r oeddwn i yn dychmygu fod pob math o ddrygau wedi digwydd—fod y trên wedi rhedeg oddi ar y *rails*, neu ei fod wedi ei chwilfriwio gan drên arall, neu fod pont wedi torri dano, a degau o bethau eraill—ac ni allwn gael dim gair oddi wrth un o'r swyddogion ond fod y trên yn ddiweddar!

Ond o'r diwedd, am haner awr wedi un-ar-ddeg,. dyma'r trên yn ymlusgo, gan ei bwyll, i'r stesion. Credais, ar y cyntaf, na chawswn byth afael ar fy neiaint, gan gymaint nifer y bobl, a'r pasgedi, a'r *bags* a'r *boxes*, a phob rhyw gitraments oedd yno. Ond wedi ymladd am amser â'r dorf, yn gwasgu penelin dan bumed ais un, a gwthio, gorau gallwn, heibio i fasged chwyddedig y llall, des i ben pella'r llwyfan, ac yno gwelais Gwilym a Benni ar ben gob i faril gwrw wag, a Miss Bevan yn eu dal i'r lan gan wenu yn ei modd siriolaf.

"Dyma ni wedi dŵad, 'nwncwl," gwaeddai Gwilym, ymhell cyn i fi gyrraedd atynt.

"Ie, rwy'n gweld eich bod chi wedi dŵad," meddwn innau yn ôl.

"A—a—a—mae gyda ni whâr fach i gâl," dywedai Benni.

"A mae mami'n gweyd," ychwanegai Gwilym, "taw Elen fydd 'i henw hi, ond yr y'n *ni'n* gweud taw Cariad y galw *ni* hi."

"Shwd ych chi Miss Bevan?" meddwn wrth Cariad, gan siglo llaw. "Mae arna'i ofan ych bod chi wedi cael digon o waith gyda'r plant 'ma."

O'r fath ffwdan fu ynghylch cael *luggage* y ddau grwt at ei gilydd! Ac ar ôl ei gael dywedodd Miss Bevan ei bod yn mynd i wneud ei negeseuon yn y dref.

"O, peidwch â mynd, Cariad fach,' meddai Gwilym, gan dynnu wrth ei braich.

"Mae hireth arna i ar eich hôl chi, Cariad fach," dywedai Benni, a'r dagrau parod ar ei ruddiau.

"Nawr, nawr," meddai Miss Bevan, gan geisio siarad yn ysgafn, "mi fyddwch chi gyda 'nwncwl."

"Ishe chi sy' arno ni," atebai Benni Bach, gan lefain yn uwch—ac ni allwn fod yn sarrug wrtho, oblegid rhoddwn y byd am allu dweud yr un peth wrthi.

"'Wel, mi ddwa i i roi gwd bei i chi cyn af fi'n ôl heno," meddai Miss Bevan, "os ewch chi gyda 'nwncwl nawr yn blant neis."

Ac ar ôl rhoddi cusan i'r plant, a'i llaw a'i gwên i finnau, trodd ymaith, a chollasom ein golwg arni yn y dorf.

Galwais gab i fynd â ni i'r lan tŷ, oherwydd yr oedd Elen wedi danfon hamper â digon o fwyd am wythnos gyda'r plant—twrci a phwdin Nadolig a falau ac ni wn beth heblaw. Pan ddaeth y cerbyd atom, edrychodd Gwilym a Benni arno heb ddweud dim. Dodais hwynt i eistedd ynddo, rhoddais y parseli i'r gyrrwr, dywedais wrtho i ble yr oedd arnom eisiau mynd, ac es i'r cerbyd fy hunan.

"Beth yw hwn, 'nwncwl?" meddai Gwilym ar ôl cychwyn.

"Cab yw hwn," meddwn innau.

"Pam mae nhw'n alw e'n gab?" holai wedyn.

"Wn i ddim," atebais, "enw Saesneg yw e."

"A beth mae'r waginer yn neud ar y top?" gofynnai Gwilym.

"O, mae e'n gallu gweld yn well," atebais.

Ar ôl cyrraedd y tŷ, tynnais swllt allan i dalu'r gyrrwr.

"Odi chi'n gorfod *talu* am gal eich driefo te?" holai Gwilym.

"Odw," meddwn innau, "wath nid y fi bia'r cab."

"Mae gyda ni gar newydd, ag yn *ni* ddim talu am reido yndo fe," meddai Gwilym.

Buasai'r gŵr bach wedi holi llawer mwy—ond ar ganol yr ymgom, agorwyd y drws gan Marged, ac am y pum munud nesaf nid oedd dim i'w weld ond Marged yn cofleidio a chusanu Gwilym a Benni bob yn ail, yn haner chwerthin a haner llefain, ac yn cadw cymaint o sŵn fel yr oedd y cymdogion i gyd yn sylwi arni drwy'r ffenestri.

"O'm mhlant annwyl i!" meddai. "A dyma chi wedi dŵad i weld yr hen Farged!" (cusan). "O'r bitws bach, yr ych chi'n dryched yn neis!" (cusan). "Mae'r hen Farged wedi bod â hireth ar eich hol!" (cusan). "A dyna fachgen mowr i chi Gwilym wedi pryfo! A Benni Bach—o'r annwyl ag e—" (cusan) "—o'r twisyn ag e," (cusan),"y mae e'n fachgen pert! Odi chi'n cofio'r hen Farged?" (cusan) "Odych wrth gwrs. O'r anwl, mae'n dda geni'ch gweld chi." (cusan). "A mae gyda chi whâr fach?" (cusan) "O ar ddoe?" (cusan) "Ond dyna! Dewch chi gyda fi i'r gegin, nawr, i chi gal twymo ar ôl trafeilu. Mae'n ddigon i sythu brain, ag odi!"

A chariodd Marged y plant ymaith yn ei chôl, ac ni welais hwynt wedyn cyn amser te.

Bu'n amser caled ar y ddau blentyn wrth ymadael â Miss Bevan, pan alwodd i ffarwelio. Yr oedd y ddau yn glynu wrthi, a'u breichiau am ei gwddf, ac yr oedd y tri yn llefain dagrau o hiraeth. Ceisiodd Marged eu cysuro.

"Dewch chi, 'mhlant i," meddai, yn y llais a arferai wrth fwyda lloi bach Plas Newydd, "dewch chi, mi ddaw Miss Bifan lawr i'ch gweld chi 'rwthnos nesa', ond dewch chi, Miss Bifan? A mi ddrychith yr hen Farged ar eich ôl chi, a gneiff. A mi ewn ni gyda 'nwncwl i'r cwrdd fory i glwed y *machine* yn canu. A—a—mi ewn—"

Ond gyda hyn torrodd Marged hefyd i lawr, ac ni allais innau aros yn hwy yn y gegin.

Ond mae natur plentyn fel nant y mynydd—llifa dros y ceulannau mewn amrantiad, ond nid yw'n hir cyn dychwelyd i'w hen gwrs, mor llon a grisialaidd â chynt. Ar ôl te, gwellodd y ddau blentyn a chafodd Marged ganiatâd gan ei meistr i fynd â nhw allan am awr i weld rhyfeddodau'r dref. Ddychwelasant pan oeddwn yn cau drws fy *surgery* ar y claf-ddyn diweddaf am y dydd, ac am awr a rhagor diddanwyd fi gan ystorïau'r plant am yr hyn a welsant ac a glywsant ar hyd y strydoedd a'r farchnad, a'u holiadau llymion a gwreiddiol ynghylch pob peth. Ond y *gas* a'r *electric light* oedd y pethau a'u synasant yn fwyaf o ddim, a bu Benni Bach ar ben stôl am amser yn treio, nes oedd ei wyneb yn goch, diffodd y gas drwy ei chwythu hi.

O'r diwedd daeth yn bryd gwely. Aeth Marged gyda nhw i'w hystafell, ac ar ôl ychydig aethum innau ar eu hol er mwyn eu clywed yn "dweud eu pader." Rhyw gymysgedd rhyfedd oedd eu gweddi fach. Yn gyntaf peth adroddent ar garlam Weddi'r Arglwydd, yna ychydig adnodau megis 'Iesu a wylodd' a 'Cofiwch wraig Lot,' yna rhyw bennill Saesneg yn dechrau

"Gentle Jesus, meek and mild
Look upon a little child,"

yna rhyw emyn a gofiais ddysgu pan oeddwn yn blentyn, ond yr hwn sydd erbyn heddiw wedi syrthio allan o gydnabod a chydarfer y cyffredin bobl:

Mewn *coffin* cul cyn hir ca'i fod
Heb allu symud llaw na thro'd
A'm corff yn llawn o bryfed byw
A'm henaid bach lle mynno Duw.

Yr un "bader" oedd ganddynt ag oedd gennyf finnau pan yn yr un oed, ac wrth edrych ar bennau cyrliog y ddau yn erbyn y cwrlid, pan yn penlinio yn eu gynau nos, daeth awel o hiraeth dros fy enaid am fy mhlentyndod diniwed fy hun. Torrwyd ar draws fy synfyfyrdod gan Benni Bach. Edrychodd i'r lan ataf yn ddisymwth, a dywedodd—

"'Nwncwl, os dim drwg gweddïo dros 'yn whâr fach?'

"Nag os," atebais innau, "beth mae e am weud?"

"O Iesu Grist,' meddai Benni, "gobeitho fod tyta a mami yn iach, a bod 'yn whâr fach yn ôl reit. Amen."

"Amen," meddai Gwilym.

Yna dodais nhw i orwedd yn y gwely.

"'Nwncwl," gofynnai Benni ym mhen tipyn, "pwy dda'th â'n whâr fach i ni?"

"Ond, bachgen," meddai Gwilym, "ond wedodd tyta ta'r angylion dda'th â hi?"

"Pryd deso nhw te?" holai Benni.

"O," atebai Gwilym, "mi clwes i nhw yn hedfan amboitu bore bach bore heddi."

"Chlwes i ddim o heni nhw, ta beth," meddai Benni.

"Naddo,' ebai Gwilym, "rodd e'n cysgu'n sownd ar y pryd, a mi ffeiles i a'i ddihuno fe."

"Shwd dethon nhw â'n whâr fach, te?" gofynnai Benni. "Odd gyda nhw basged, ne beth?"

"O nag odd," dywedai Gwilym, "rodd hi'n cwato yn y plyf dan 'u hadenydd nhw."

"Nawr, blant bach," torrais innau i mewn, "'Mrowch i gysgu nawr. Mi arosa i gyda chi nes ewch chi i gysgu."

Yr oedd Benni Bach yn agor ei geg led y pen.

"Dyna genad o wrth y gobenydd," meddai Gwilym.

"Gwilym," meddai Benni.

"Ie," atebai Gwilym.

"Cynta i gysgu i whiban," meddai Benni.

A chyn pen dwy funud yr oedd y ddau ym mreichau cwsg.

Pennod IX
Y Plant a'r Hen Ddoctor

Er fod fy neiaint yn teimlo hiraeth am eu mam a Chariad a'u chwaer fach ar adegau, ac yn enwedig pan oedd yn bryd iddynt fynd i'r gwely, nid oes angen dweud iddynt fwynhau eu hunain yn fawr yn Abertawe. Dydd Sul es â nhw i'r capel, a mawr oedd eu rhyfeddod wrth glywed yr organ—neu'r *machine*, fel y galwai Marged ef—a'r dorf fawr yn canu, a'r hen ddoctor annwyl yn pregethu. Nid oedd Gwilym a Benni yn cofio eu tadcu, tad eu mam—yr oedd wedi marw cyn cof ganddynt—ac yr oeddynt wedi cenfigenni lawer gwaith wrth blant eraill mwy ffortunus na nhw. Ond pan welsont yr hen ddoctor a'i farf wen hir, a'i wallt fel yr eira arian-deg, a'i wyneb rhuchiog yn llawn hynawsedd, ac yn enwedig pan glywsont ei dôn leddf yn rhoi emyn allan i ganu, credasant ar unwaith mai eu tadcu oedd. Gwnes fy ngorau i'w hargyhoeddi o'u camgymeriad, ond buasai yr un peth i mi dreio dweud wrth y gwynt i ble i chwythu â cheisio ffrwyno dychymyg y ddau blentyn ar ôl iddo gael haner awr o flaen arnaf.

"Ond mae e'n gymws fel y llun sy' gyda mami yn yr *album*," meddai Gwilym.

"Odi," meddai Benni, "a rodd y dynon i gyd yn llefain yn y cwrdd fel mae mami yn gneud wrth siarad amboitu tadcu."

"Ag rodd Marged yn llefen hefyd, man gwedson ni wrthi hi, mai tadcu oedd e," ychwanegai Gwilym, "a mi wedodd hi wrth Benni, 'mae e'n ddigon da i fod yn dadcu i chi'."

"Wel, wel," meddwn innau o'r diwedd, "os odi chi am 'i ga'l e'n dadcu, mi gynta bydd yr hen ddoctor yn eitha' bolon."

Ac fel yna y terfynodd yr ymddiddan ar y pryd.

Prynhawn dydd Llun, sef dydd Nadolig, pan oeddwn yn dychwelyd i Gadog Street ar ôl ymweld ag un o'r cleifion, beth oedd fy syndod pan welais y ddau blentyn yn cerdded i'r lan heibio'r farchnad, â rhyw ddyn mawr afrosgo rhyngddynt, â'i ddwy law yn eu dwylo nhw. Edrychais eilwaith. Rhwbiais fy llygaid. Ie; ni ellid camsynied y corff tal, y wyneb wedi ei dyllu gan y frech wen, y dwylo mawr, a'r cerddediad araf. Yr hen ddoctor oedd, ac yn nwylo Gwilym a Benni Bach! Yr oedd ef mor dal, a 'nhwythau mor fychain, fel yr oedd yn rhaid iddo blygu llawer cyn y gallai eu cyrraedd. Ond nid oedd hyn fel pe yn amharu dim ar ei fwynhad. Cerddai gan ei bwyll gyda'r ddau, clustfeiniai ar eu hymadrodd, ac yr oedd gwên foddhaus yn sirioli ei wynebpryd. Nid oeddwn yn ddigon agos atynt i glywed yr ymddiddan, a phan oeddwn eto gryn bellter oddi wrthynt canfyddodd llygad craff Gwilym fi, a gwaeddodd nes y troiodd pawb i edrych beth oedd yn bod.

"Tadcu, tadcu, dyco 'nwncwl yn dŵad."

"Wel, doctor bach," meddwn, gan chwerthin, oblegid yr oedd golwg mor ddigymorth ar yr hen bregethwr er ei holl fwynhad, ac yr oedd chwys ar ei dalcen er mai'r Nadolig oedd hi, "shwd eich caethgludwyd chi fel hyn, hawyr?"

Cyn iddo gael amser i ddweud gair, dyma Gwilym yn dechrau arllwys ei stori.

"O 'nwncwl," meddai, "pam o'ech chi'n gweud mai nid tadcu oedd e? Mae e'n gweud *taw* tadcu yw e."

"Mae e wedi dŵad lawr o'r nefodd i'n gweld ni," dywedai Benni Bach.

"A mae e wedi promeisho dangos llun y nefodd i ni yn y Beibl sy' gydag e gatre'," meddai Gwilym. "A mae e'n mynd i roi llun Iesu Grist i fi."

"Ag un i finnau," dywedai Benni, "ag un i'n whar fach."

"A mae e'n dŵad i fyw gyda ni o hyd o hyd am byth ym Mhlas Newydd," meddai Gwilym.

"A fydd mami ddim yn llefain wedyn," dywedai Benni Bach.

Ni wyddwn beth i ddweud na pheth i wneud tra yr oedd y siarad hyn yn cymryd lle. Yr oedd tuedd arnaf i chwerthin—ond pan edrychais ar wyneb yr hen ŵr, ar ei olwg ddifrifol, er fod gwên siriol ar ei wyneb, a'i lygaid yn llawn dagrau gloywon, a chanfod fel yr oedd, yn wir, wedi aros ar ganol yr heol, ac wedi colli pob ymwybyddiaeth ohono ei hun, a'r lle yr oedd yn aros, a phob peth yn y byd, ond yn unig ei fod yn clywed lleisiau'r ddau blentyn, a'r modd tyner yr oedd yn cydio yn dynn yn nwylo fy neiaint fel pe yn ofni eu colli—diflannodd pob tuedd chwerthinllyd o fy meddwl, ac ni allwn innau lai na theimlo peth o'r gorfoledd oedd yn byrlymu allan o galon gynnes yr hen ŵr duwiol.

"Doctor Davies bach," meddai yn ei lais araf, dwfn, crynedig, "yr ych chi wedi eich breintio'n fawr yn eich neiaint. Plant nobl ydyn nhw, a mi fydd sôn am dani nhw yto, os cânt fywyd a iechyd."

"Rych chi ddim yn mynd 'nôl i'r nefodd, tadcu?" meddai Gwilym, pan yr oedd yr hen ddoctor yn treio cael ei law yn rhydd.

"Nagw, nagw, 'machgen i," atebai'r Doctor, "garw na fyswn i'n fwy ffit i fynd yno."

"O, wi'n falch," dywedai Gwilym, "mi wedwch chi wrthon ni am yr angylion ond gwnewch chi, tadcu?"

"Gweda, gweda," atebai'r hen ŵr, mor ufudd â'r oen.

"Os gyda chi adenydd i ga'l, tadcu?" gofynnai Benni Bach.

Methodd yr hen ddoctor â pheidio chwerthin. wrth glywed hyn.

"Wel, glanach i ti grwt," meddai, "mi golchest hi'r tre yma."

"Ond mae adenydd i ga'l gan angylion," ebai Benni.

"Shwd ych chi'n gwbod hynny?" gofynnai'r doctor.

"O, mi *welws* Gwilym ein whar fach yn cwato yn y plyf," atebai Benni.

"Wel, wi'n *meddwl* hynny," meddai Gwilym gyda phwyslais.

"Na, 'mhlant i," dywedai'r doctor, "nid angel w i, a nid o'r nefodd y des i, a mae arnai ofan nag af i byth yno."

"O ble deso chi, te, tadcu?" holai Gwilym. "Mae mami'n credu taw yn y nefodd ych chi."

"Ie, ie, 'machgen bach i," atebai'r hen ŵr. "Mae'ch mam yn eitha' reit. Ro'wn i'n nabod eich tadcu yn dda, a mae e'n siŵr o fod yn y nefodd."

"Welsoch chi e yno, te?" holai Gwilym.

"Naddo i," meddai'r hen ddoctor yn ddyryslyd.

"Shwd ych chi'n gwbod ei fod e yno te?" gofynnai Gwilym.

Bu'r hen ddiwinydd yn petruso ffordd i ateb am funud. Yna dywedodd yn ei ddull tirion ei hun,

"Mae'r Beibi yn gweud mai i'r nefoedd yr aiff pob dyn da wrth farw, ac ni fu gwell gwas erio'd gan lesu Grist ar y ddaear na'ch tadcu."

"A nid chi yw'n tadcu ni te?" dywedai Gwilym yn llawn siomiant

"Mi licwn i i fod yn dadcu i chi'ch dau fach, os ych chi'n folon," meddai'r doctor.

"Dyna chi, 'nwncwl," torrodd Gwilym i mewn yn orfoleddus, "ro'n ni'n *siŵr* taw tadcu oedd e."

A'r dwthwn hwnnw bu fy neiant yn treulio'r Nadolig gyda'r doctor hyd nes i lenni'r hwyr ddisgyn ar y dref. Buont yn ymweled ag ef yn ei gartref, a bu yntau yn dweud ystorïau wrthynt am y baban bach ym Methlehem, ac am lawer gŵr enwog fu'n ymladd dros y gwir—yng ngwlad Canaan, yn Rhufain, yn trengi wrth y stanc yn Smithfield, ac yn dioddef merthyrdod ar y maes cenhadol, ac yn enwedig am hen wroniaid y groes yng Nghymru. Daeth, hefyd, i'w hebrwng yn ôl ar ddiwedd y dydd i ddrws 'yn nhŷ, er ei fod yn hen a'r tywydd yn flin a'r ffordd ymhell. Ceisais esgusodi fy neiaint wrtho ar drothwy'r drws am y drafferth yr oeddynt wedi roddi iddo.

"Fy machgen i," meddai'r hen ŵr, "ni fues i mewn diwygiad mor agos i'r nefodd ag a fues i heddi. 'O eneu plant bychain y perffeithir moliant,' ac ond i chi edrych i galonnau pur y ddau fach hyn, gellwch weld llun y nefoedd arnynt. Dy'n nhw ddim wedi 'madel â'r nefo'dd am gyment o amser â ni, a d'yn nhw ddim wedi ei anghofio hi fel ni. Na, na, y fi ddylai ddiolch am gael profiad calonnau diniwed, a meddyliau eneidiau sydd heb eu dallu gan bechodau'r byd. Ac y mae'r gair yn dŵad i'm meddwl i'n fyw iawn. Doctor Davies, 'ac oddieithr eich troi chwi, a'ch gwneuthur fel plant bychain'. Trwbwl, doctor annwyl; na, nid trwbwl yw bod gyda nhw, ond braint. Nos dawch, 'y mhlant i. Mi ddaw tadcu i'ch gweld chi yto cyn bo hir."

Ac ymostyngodd yr hen batriarch a chusanodd y ddau blentyn. A hwythau a daflasant eu breichiau am ei wddf garw, ac a'i carasant fel y carasent eu mam neu Gariad o'r Tŷ Prydferth. A dywedasant wrtho yn ddistaw yn ei glust am brysuro yn ôl eto i'w gweld ac i ddweud wrthynt yr hanes am breseb Bethlehem, ac yntau a addawodd yr eilwaith a'r trydydd waith. Dywedasant wrtho hefyd y byddai iddynt edrych yn fynych ar ddarlun o'r nefoedd oedd efe wedi roddi iddynt, ac y byddent yn dweud wrth eu chwaer fach am y lle dedwydd, ac y byddent yn rhoddi cusan bob nos wrth fynd i'r gwely i'r darlun a gawsant o Iesu Grist. Ac yntau a'u bendithiodd hwy drwy ei ddagrau, ac a erfyniodd ar Dduw i'w nhoddi a'u hymgeleddu a'u cadw rhag profedigaethau a phechodau'r byd, a'u dwyn yn ddiogel i'r mynyddoedd bendigaid. Ac yna, efe a ffarweliodd drachefn, ac a ddychwelodd yn ôl i'w le ei hun.

Ffarwel, hen Gristion addfed! Ni welodd Gwilym a Benni Bach ef mwyach. Cyn iddynt ddychwelyd i Blas Newydd yr oedd yr hen weinidog wedi ei gymryd yn glaf, a chyn pen blwyddyn yr oedd wedi ei osod i orwedd yn nhir ei hir gartref. Y tro diweddaf y gwelais ef, siaradai, gyda theimlad dwys, ond nid heb londer ysbryd, os nad hefyd beth digrifwch diniwed, am y dydd Nadolig hwnnw dreuliodd yng nghwmni fy neiaint, a chredaf mai un o'r pethau cyntaf a wnaeth ar ôl cyrraedd adref oedd chwilio am dadcu Gwilym a Benni Bach i ddweud y stori wrtho—oblegid ni fu ei fath erioed am ddweud stori—am ei wyrion bach yn Abertawe.

Pennod X
Y Doctor yn troi'n Fardd

Nid oes gennyf gof eglur iawn am ddigwyddiadau eraill yr wythnos Nadolig honno. Roeddwn mor llawn o waith drwy y dydd fel na allwn hepgor ond ambell i haner awr gyda'r plant cyn i'r nos fy rhyddhau oddi wrth fy ngorchwylion. Ond pan ddelai'r hwyr, gwnawn fy ngorau i wasgar y cymylau hiraeth oedd yn fynych yn tywyllu ffurfafen bywyd bach Gwilym a Benni, drwy eu dwyn i fy ystafell fy hun a'u gosod i eistedd o flaen y tân, ac adrodd wrthynt ystorïau diddan. Pe ceisiwn ddifyrru plantos y dyddiau hyn â'r fath hanesion, ofnaf mai ychydig fyddai fy niolch—ond am Gwilym a Benni, nid oeddynt hwy wedi cyfarwyddo â chwedlau, ac yr oeddynt yn falch i glywed hen ystorïau oedd wedi difyrru cenedlaethau o blant o'u blaen.

Un noswaith yr oeddwn wedi bod yn dweud wrthynt stori am y ferch dlawd, yr hon, ar ôl llawer o helbulon, a briododd fab y Brenin, ac ebai Gwilym, "Odd hi'n ferch bert iawn, 'nwncwl?"

"Odd," atebais innau. "Hi odd y ferch lana yn y byd."

"Odd hi'n bertach na Chariad?" holai Gwilym.

"Nag odd," meddwn, gan wrido. "'Dalle hi ddim â bod yn bertach, galle hi?"

"Na alle," atebai Gwilym, "wath dos dim neb i gal yn bertach na Chariad, os e', 'nwncwl?"

"Nag os, dim neb yn y byd," ychwanegai Benni Bach.

"'Nwncwl," gofynnai Gwilym, "odi chi'n caru Cariad?"

"Wel, wi'n ffrind anghyffredin iddi," atebais, ar ôl tipyn o ystyriaeth.

"Odi chi'n ffrind i Marged?" holai Gwilym.

"O odw," meddwn, "wi'n ffrind i Marged hefyd."

"P'un sy well gyda chi, Marged neu Cariad?" gofynnai Gwilym wedyn.

"P'un sy'n well gyda chi?" meddwn, oblegid yr oeddwn wedi cael gafael erbyn hyn ar y ffordd orau i ateb gofyniadau Gwilym.

"O mae'n well gen *i*," meddai Gwilym, gyda phwyslais ar yr *i*, "mae'n well gen i Gariad o lawer."

"A mae'n well gyda finne hefyd," ebai Benni Bach.

"A man bydda i wedi pryfo yn ddyn mowr," dywedai Gwilym, "wi'n mynd i briodi Cariad."

"Ie, ie, 'machgen i," meddwn, "ond beth ta hi ddim yn folon?"

"Ddim yn folon i beth?" gofynnai Gwilym yn syn.

"Ddim yn folon i fod yn wraig i chi," dywedais innau.

"Ond mi *wedodd* wrtha i y byse hi'n folon," ebai Gwilym.

"O mi wedodd hynny, do fe?" meddwn.

"Do," atebai Gwilym, "yn y gegin dydd Sadwrn dwetha cyn iddi fynd nôl gatre."

"Dier mi," meddwn, "ac yn y gegin y gofynsoch chi iddi, ie fe?"

"Ie," atebai Gwilym, "a 'rodd Marged yn gweud ta chi a'ch llyged yn eich pen y byse chithe wedi gofyn iddi ers llawer dydd."

"Mae gyda Marged a chithe lawer rhytach gwaith na siarad rhw ddwli fel yna," meddwn yn llym, "a mae'n hen bryd i chi'ch dou fynd i'r gwely."

"Chewn ni ddim aros tipyn bach rhagor ar y llawr?" ymbiliai Gwilym.

"Mae eisiau bara menyn arna i," dywedai Benni Bach., mewn tôn ddolefus.

"Mi *licwn* inne gal bara menyn," meddai Gwilym.

"Wel, mi geiff Marged roi tocyn o fara menyn i chi yn y gwely," atebais.

Ac yna galwais ar Marged i fynd â nhw i'w hystafell.

"Gwd neit, 'nwncwl bach," meddai'r ddau, gan ddodi eu breichiau am fy ngwddf, a'm cusanu.

"Nos da, 'mhlant i," meddwn innau, gan gaead y drws ar eu hol.

Ar ôl cael gwared ar y plant, diosgais fy esgidiau oddi am fy nhraed, gwisgais fy *slippers*, tynnais fy mhib felusaf o'i chuddle yn y cwpwrdd, troes y gadair freichiau esmwythaf at y tân, gosodais fy nhraed, un ar ben y llall, ar y pentan bach, a rhoes fy hun i fyny i weu dychmygion yn ôl fy ffansi wrth wylio'r cymylau mwg yn esgyn at y nenbren. Rhedai fy meddwl yn ôl ar draws geiriau Gwilym, a'i adroddiad diniwed o farn Marged. Ac wrth i mi fyfyrio, syrthiodd arnaf ryw awydd na theimlais oddi wrtho na chynt na chwedyn—awydd i gyfansoddi barddoniaeth! Ymladdais cyhyd ag y gallwn yn erbyn y fath ffolineb. Dywedais wrthyf fy hun nad oedd dim barddoniaeth yr un groen â mi, na wyddwn ddim am y rheolau, ac na wnes, yn ystod yr wyth mlynedd ar hugain o'm bywyd, geisio cyfansoddi nac englyn na phennill erioed o'r blaen. Ond ni thyciai dim, na rheswm na synnwyr cyffredin nac, hyd yn oed, fy niogi cynhwynol, yr hwn sydd yn gryfach na'r ddau.

Eisteddais wrth y ford. Llenwais fy mhib drachefn. Pigais gwilsen newydd, yr hon oedd heb ei llychwino erioed ag inc. Taenais o fy mlaen ddalen lydan o bapur gwyn—a disgwyliais am yr awen. Ni allaf byth anghofio'r poen a ddioddefais y noson honno. Bûm yn brwydro, fel pe bae fy mywyd yn y glorian, am ddwy awr a haner, ac yr oedd fy ysbryd ystormus yn cynganeddu â sŵn y gwynt oedd yn chwythu o gylch y tŷ. Ni allaf gyfrif pa sawl tudalen o bapur a lenwais ac a ddistrywiais. Treiais Gymraeg a Saesneg, a phe gwyddwn iaith arall buaswn wedi ei threio hithau hefyd. Gwnes restr o eiriau oedd yn odli yn Gymraeg ac yn Saesneg; ond methais yn lân a chael brawddegau i'w taro, a phan y cawswn afael mewn brawddeg, yr oedd yn rhaid i mi ddefnyddio'r gair yn rhywle cyn diwedd y llinell. Pan orffwysais oddi wrth fy llafur—oblegid byddai yn anghywir dweud i mi ei orffen—yr oedd y tân wedi myned allan, fy mhib wedi syrthio ar y llawr, a'r chwys mawr, er gwaethaf yr oerfel, yn dalpau ar fy nhalcen! Es drwy lawer profiad chwerw yn fy nydd a'm tymor, ond byddai yn well gennyf sefyll yr arholiad anhawddaf yn *Hospital* Sant Bartholomew neu gyflawni yr *operation* afrwyddaf, na threio byth eto ysgrifennu barddoniaeth. Gwell gennyf osod coes nag odi yn ei lle, a rhwyddach asio esgyrn briw chwaraewr pêl droed, na chlymu pedair llinell wrth ei gilydd! Byth oddi ar y noswaith honno, y mae yn destun syndod i mi fod golwg mor siriol ar ein beirdd. Mae Elfed a Watcyn Wyn a Dyfed yn troi allan bob dydd o'r flwyddyn fwy o benillion nag a gyfansoddais i ar hyd fy oes, ac nid ydynt yn edrych yn ddim gwaeth ar ôl gwneud. Ond dyna, ys dywedodd y gwaddotwr wrth yr offeiriad pan y gwelwyd ef yn dal gwaddod ar ddydd Sul: "Pob un â'i grefft, syr—chi a'ch pader a finnau â'n nhrap."

Nid, gan hynny, am fy mod yn teimlo unrhyw falchder yn y penillion, y rhoddaf hwynt yma, ond yn unig am fod yn rhaid i mi wneud, os mynnaf egluro'r hyn a ddigwyddodd ar ôl hyn. Nid oeddwn wedi cyfansoddi ond pedair llinell, a dwy odl ym mhob pennill. Gobeithio na syrthiaf yn isel iawn ym meddwl neb, os cyfaddefaf i mi ddarllen y penillion drosodd a throsodd cyn mynd i'r gwely—weithiau yn ddistaw, bryd arall yn uchel. Teimlwn, hefyd, fod ysbryd y peth byw yn trigo ynof, ac nad oedd eisiau i mi ond ymroddi i'r gwaith i ennill cadeiriau godidocaf ein Heisteddfodau! Na wged neb wrth ddarllen hyn o gyfaddefiad gonest. Y nos oedd hi, a phan ddarllenais y penillion liw dydd, gwridais wrth gofio fel yr ymfalchïwn ynddynt y noswaith honno. Ar ôl eu darllen drachefn a thrachefn, eisteddais eilwaith wrth y bwrdd, a, chopïais hwynt mewn llaw fras a theg, gan drafferthi nid ychydig gyda'r lythyren gyntaf ym mhob llinell. Fel hyn y rhedent:

Paham y cwynfani, y gwynt,
    Wrth dramwy tu allan i'm tŷ?
O gwn mai galara yr wyt
    Oherwydd it' fadel â Hi!

O dychwel yn glau yn dy ôl,
    Nac oeda ar fôr nac ar dir,
A sisial fy neges yng nghlust
    Y llances a garaf yn bur.

O dywed it' weld ar dy daith
    Byw lencyn yn wael iawn ei lun,
Yn marw o gariad, am na
    Chaiff Gariad yn eiddo ei hun.

Ac os Ei a blyga ei phen
    Ac addo y gwellith ei friw,
D'wed nas gall ef dalu ond hyn,
    Ei charu tra byddo fe byw.

A phan oeddwn yn dringo i fyny'r steiriau, ac yn clywed y gwynt yn chwythu oddi allan, adroddwn yn ddistaw wrthyf fy hun linell gyntaf y penillion, a'r peth diweddaf cyn cysgu, addawais unwaith wedyn "ei charu tra fyddwn i byw."

Pennod XI
Llwyn Arel Plas Newydd

Ychydig ddiwrnodau ar ôl hyn derbyniais lythyr o Blas Newydd i ddweud fod eisiau'r plant yn ôl arnynt, ac os na allwn ddyfod i'w hebrwng gartref, y deuai Henri i Abertawe i'w hymofyn. Erbyn hyn yr oedd yr amser stresol wedi pasio, ac nid oeddwn heb deimlo chwant i gael esgus a'm dygai i Ddyffryn Tywi. Ac felly, ar ryw fore dydd Gwener yn gynnar yn Ionawr, wele ni ein tri—fy neiaint a finnau—yn cychwyn o Gadog Street tuag yno. Yr oedd Marged yn sefyll yn ben-noeth wrth y cab, yn galaru ar ôl Gwilym a Benni, ac yn wylo gan hiraeth am Blas Newydd.

"Gwd bei, 'y nghalon fach i,' meddai gan wasgu Benni at ei mynwes, "a 'neiff e ddim anghofio'r hen Farged, 'neiff e? Mi fydda'n siŵr o hala ffolant i chi'ch dou, a bydda. Gwd bei, Gwilym bach, a gwedw e wrth Twm y waginer os *meiddith* e hala ffolant salw i fi, mi fydd yn well iddo fe i feindo ei hits! Cofiwch fi etyn nhw i gyd, mishtir bach, a gwedwch wrth mystres 'y mod bron marw eisiau gweld hi a'r babi."

"O'r gorau," meddwn innau, "a mi ddweda 'r un peth wrth Tom y waginer, hefyd."

"Twm, yn wir!" atebai Marged rhwng llefain a chwerthin. "Mae Twm ym meddwl digon am 'i hunan ishws heb i chi ddweud hynna wrtho fe."

Ac yna gyrrwyd ni ymaith, tra yr arhosai Marged ar y grisiau o flaen y tŷ yn ysgwyd ei ffedog yn y gwynt hyd nes i ni droi'r cornel a'i cholli o'n golwg.

Yr oedd cymaint o awydd ar y plant, ar ôl cychwyn, i gyrraedd pen eu taith fel na chefais fawr llonydd ganddynt cyn i ni ddyfod i Langoediog. Nid yw'r rheilffordd yn rhedeg drwy Lanelwid, ac felly disgynasom yn Llangoediog. Tu allan i'r stesion safai poni a thrap Plas Newydd, a Tom y waginer ynddo.

"Tom, Tom!" gwaeddai'r plant pan ei gwelsant, "Dyma ni wedi dŵad 'nôl."

"Wel, yr ych chi wedi pryfo hefyd!" atebai Tom. "Yr ych chi'n dŵad yn ddynon mowr ar unwaith."

"A mae gen i *slash whip* i chi," meddai Benni Bach.

"A mi ddes inne â ffeirins i chi," dywedai Gwilym.

"A shwd i chi, syr?" meddai Tom gan droi ataf fi. "A Blwyddyn Newydd Dda i chi."

"O rwyf fi'n dda iawn," atebais, "ond dyw Marged yco ddim yn haner da."

"Nag yw hi, wir?" ebai Tom, a'i wyneb-pryd llon yn syrthio ac yn gwelwi. "Dos dim twymyn na dim byd fel'ny, rwy'n gobeitho?"

"Na," meddwn innau. "Mai arna'i ofn mai dolur y galon sy' arni. Ro'dd hi am gal 'i chofio ato chi."

"Odd hi, te, wir?" gofynnai Tom, a'i ysbryd yn codi drachefn. "A wedodd hi hynna te, syr? Hen lodes biwr odd Marged, a r'yn ni wedi cal colled ar 'i hol hi ym Mhlas Newydd. Gobeitho 'i bod hi'n eich taro chi, syr?'

"O, odi," atebais, "merch syber, drefnus iawn yw Marged, a mi fues i'n lwcus iawn 'i chal hi."

"Ie," meddai Tom. "R'odd Marged yn gallu gneud dyn yn gyffyrddus, ag odd; ag am 'neud cawl, dodd dim o'i gwell hi i gal yn y shir, a'i dyngu."

"Wel, dyma rywbeth yn galennig i chi," meddwn, gan estyn fy llaw.

"Na, na wir, Doctor, na chyffra i byth o'r fan 'ma, chymera i ddim gyda chi," tystiai Tom.

"Nawr, nawr, Tom," meddwn innau, "mae'n *rhaid* i chi," gan saco darn arian yn eu gilddwrn.

"Wel, yn 'y ngwir i, down i ddim yn dishgwl dim, Doctor," atebai Tom, gan roddi'r awenau yn fy llaw. Ac yna, trodd ei gefn arnaf, cymerodd gipolwg ar y swllt oedd yn ei law, a chyn ei ddodi yn ei boced poerodd arno er ei wneud yn "ebol glas lwcus."

Ar ôl cryn helynt, cychwynasom o'r diwedd tua Phlas Newydd—y fi a Gwilym a Benni y tu blaen, a Thom y tu ôl. Er nad yw Plas Newydd ond milltir o'r ffordd o'r stesion, buom dros haner awr cyn dyfod yno. Ychydig yr ochr arall i'r stesion saif Bryn Hyfryd—"Tŷ Prydferth" Gwilym. Pan ddaethom ato, gwelsom Gariad a'i mam yn aros wrth y glwyd sydd yn arwain i'r tŷ. Ac yno yr arosasom am amser, pawb yn siarad yr un pryd, ac yn holi, ac yn ateb, ac yn chwerthin, ac ni fuasem wedi gallu tynnu ein hunain yn rhydd o'r diwedd, oni bai i Gariad addo y deuai i de i Blas Newydd yn y prynhawn. Yna, wedi dyfod at yr efail, yr oedd Nat, tad Marged, yn disgwyl amdanom, a bu raid i ni aros am amser gydag ef, yn ateb ei holiadau ynghylch ei ferch. Ond o'r diwedd cyraeddasom Blas Newydd, ac o'r fath ffair a ffwdan fu yno! Rhedodd y morwynion allan i'r clos i helpu fy neiaint lawr o'r trap ac i'w croesawu gartref. Yr oedd Dafi'r gwas mawr wedi cael rhywbeth i wneud yn y "stop waith,"—lle yr arferai helpi'r clwydydd, neu osod coes newydd mewn rhaw, ar ddiwrnodau glyb—a phan ddaeth y cerbyd i'r clôs yr oedd yntau yno yn ein disgwyl. Yr oedd John y *cowman* yn un o'r beudyau, a gwaeddodd flwyddyn newydd dda i ni drwy'r drws agored. Cyn i'r plant gael amser i fynd i'r tŷ, yr oedd Henri wedi dod allan. Credai Henri fod penteulu yn iselhau eu hunan drwy ddangos ei deimlad yn rhy eglur, a threiodd roddi cusan i'r ddau blentyn, fel pe byddai heb deimlo ei galon yn dychlamu wrth eu gweld . Ond dyma'r tro cyntaf erioed iddynt fod oddi cartref, ac ni allai Henri, er ei dawelwch digyffro arferol, lai na dangos ei falchder a'i lawenydd wrth eu derbyn yn ôl gartref. Ar ôl eu croesawu a'u cusanu yn garuaidd, meddai:

"Cerwch yn glou nawr i'r nouadd. Mae mami yn eich disgwyl yno ers amser."

Ac ymaith y rhedodd y ddau am y cyntaf at eu mam gan fy ngadael ar y clos gyda Henri. Pan ddaethom ninnau yn ein tro i'r neuadd, yno gwelsom Elen a'r babi bach ar ei gliniau, a gwên gariadlawn a boddhaus ar ei gwyneb, a Gwilym a Benni Bach yn syllu ar eu chwaer newydd.

"Odi hi'n gallu siarad, mami?" gofynnai Gwilym.

"Grwt bach," atebai Elen, "nag yw yto. Ond mi *ddaw* hi i siarad digon, mi fentra, neu mi fydd yn ots iti."

Edrychai y pedwar mor brydferth gyda'i gilydd, ac yr oeddynt yn gwneud darlun mor gyflawn ynddynt eu hunain, fel y teimlwn am y tro cyntaf yn ddieithr-ddyn yn nhŷ fy chwaer. Gyda ein bod ni wedi croesi'r trothwy, gwelodd Elen ni, a galwodd arnaf, yn eu dull serchog, i eistedd wrth y tân i dwymo, a dechreuodd ofyn cwestiynau lawer i fi ynghylch Marged a'r hen ddoctor ac eraill o'i chydnabod yn Abertawe. Ac felly ni pharhaodd y teimlad o ddieithrwch yn hir.

Ar hyd y dydd hwnnw yr oedd gan Gwilym a Benni Bach ddigon o waith i ymweled â'u hoff fannau ynghylch y tŷ. Aethant drwy'r ysgubor, a'r tri beudy, a'r stabal, a'r cartws, a'r storws, a'r briwdy, a'r glody, a'r gegin maes. Ymwelasant â nythod gieir, a chasglasant un wy ar ddeg ohonynt—oblegid ni wyddai neb o gylch y tŷ, ond y nhw, am bob nyth. Aethant am dro hefyd i'r ardd a'r berllan, lle yr oedd beddrod Moss, hen gi defaid ffyddlon, fu'n chwarae llawer gyda nhw; a buont yn gwario peth amser yn y llwyn arel o flaen y tŷ, yn yr hwn yr oeddynt wedi hongian cloch, a'r lle y byddai Gwilym yn arfer pregethu, ac y gwasanaethai Benni Bach fel clochydd (oblegid rhyfeddwn yn fynych fel y mynnent ganu y gloch cyn dechre i'r wasanaeth, er mai Salem ac nid yr Eglwys yr arferent fynychu).

Rhaid i mi gyfaddef na wariais erioed ddiwrnod mwy diflas ym Mhlas Newydd. Disgwyliwn beunydd am yr awr de i ddod, ond nid yn amyneddgar. O'r diwedd es allan i'r ardd, cerddais yn ôl ac ymlaen ar hyd yr ale, ac er mwyn hala'r amser rywffordd, tynnais y penillion oeddwn wedi gyfansoddi allan o'm poced, a darllenais nhw drostynt gyda llawer o flas a boddlonrwydd. Blinais ymhen tipyn ar gerdded yn yr ardd, a dychwelais i'r tŷ. Yna es i'r llofft i ymolchyd a thrwsio tipyn erbyn te: a phan ddes lawr drachefn, dywedodd Elen wrthyf, a gwên yn chwarae ar eu gwefusau:

"Mae Miss Bifan wedi dŵad, John."

"Odi hi?" gofynnais, mor ddidaro ag y gallwn.

"Odi, mae hi wedi mynd mas i whilo am y plant a'u mhoin i de," meddai Elen. "A fyddech chi'n gweld bod yn dda i fynd i ddrychedd am deni nhw, a gweud wrthi nhw fod te yn barod?"

"O'n gore," meddwn innau, gan gydio yn fy hat, a chychwyn yn ebrwydd.

Pan ddes yn agos at y llwyn arel clywn sŵn fy neiaint yn siarad yn uchel â Miss Bevan.

"Ie, chi pia fe," meddai Gwilym, "waith ro'dd 'nwncwl yn gweud ei fod e yn ffrind anghyffredin i chi."

"Hisht, hisht," meddai Miss Bevan, "rhaid i chi beido gweud rhywbeth fel yna."

"Rodd Marged yn gweud," ychwanegai Benni Bach, "'i fod e bron dwlu amdanoch chi."

"Nawr, nawr," atebai Miss Bevan, gan chwerthin, "os ych chi mynd i siarad fel hyn, mi eiff Cariad nôl gatre."

"O, peidwch â mynd, Gariad fach," ymbiliai Gwilym.

"Odi chi'n promeisho te?" gofynnai Cariad.

"Odyn," atebai'r ddau gyda'i gilydd.

"A mae'n rhaid i chi roi'r papur 'ma nôl i 'nwncwl," aeth Cariad ymlaen i ddweud, "a gweud wrtho fe lle cesoch chi e."

"O'n gore," meddai'r plant.

Yr oeddwn, yn ystod y siarad hyn, wedi cael fy nharo â chymaint o syndod fel yr oeddwn wedi methu syflyd o'r man. Ond, ar hyn, fflachiodd rhywbeth ar draws fy meddwl, dodais fy llaw yn fy mhoced, ac wele! Nid oedd y papur ar yr hwn yr ysgrifennais y penillion yn fy meddiant! Dyna'r papur yn ddiau oedd yn nwylo Gwilym, a dyna'r papur, hefyd, a ddarllenwyd gan Miss Bevan. Ni wyddwn beth i wneud—pu'n ai bod yn brudd neu yn llon. Teimlwn yn falch fod Miss Bevan yn gwybod—os oedd yn gwybod, hefyd—beth oedd cyflwr fy meddwl tuag ati; ond ofnwn y buasai ei hateb yn fy amddifadu o'm hunig gysur—y gobaith o'i hennill yn wraig. Nid oedd amser i fyfyrio. Beth ddwedai Miss Bevan wrthyf pe gwelai fi yn gwrando wrth y llwyn arel? Gwir i mi ddyfod yno yn eithaf diddichell, ac mai hap yn unig a berodd i mi glywed eu hymddiddan. Ond ni fuasai yn hawdd gwneud hyn o esboniad; ac felly, brysiais ar flaenau fy nhraed, oddi wrth y llwyn. Ar ôl cyrraedd drws y tŷ drachefn gwaeddais â llef uchel ar fy neiaint. Atebwyd fi o'r llwyn arel, a thuag yno y cyfeirias fy nghamau drachefn, gan deimlo mor euog â lleidr pen-ffordd.

"Nawr, blant bach," meddwn, "mae mami am i chi fynd i'r tŷ ar unwaith, i chi gael 'molchyd cyn te."

"Os cramboithe i de, 'nwncwl?" gofynnai Benni Bach.

"Os, rwy'n meddwl," atebais, gan chwerthin, "ond os na 'newch chi hast, chewch chi ddim o heni nhw."

Yr oedd Gwilym wedi bod yn edrych yn ddryslyd am beth amser. Ond dyma fe'n tynnu papur ym mhen ennyd o'i boced ac yn ei estyn i fi, gan ddweud,

"Dyna bapyr gwmpws o'ch poced chi, 'nwncwl, a mi gas Benni a finne afel yndo fe, a mae Cariad yn gweud—"

"Nawr, Benni Bach,' torodd Miss Bevan i mewn, "'newch hast i ddŵad at mami."

Ac yr oedd yn amlwg am redeg ymaith i'r tŷ gyda fy neiaint, a'm gadael eto heb ateb. Ond syrthiodd ar fy ysbryd ryw benderfynolrwydd newydd. Dodais y papur yn fy mhoced heb edrych arno, a dywedais wrth y plant,

"Nawr, rhedwch i'r tŷ ar unwaith."

Ac wedi iddynt gymeryd at eu traed, gosodais fy llaw ar ysgwydd Miss Bevan, a gofynnais iddi am aros am funud cyn eu canlyn.

Llwyn arel yng nghornel gardd syml Plas Newydd! Dyna'r lle anwylaf yn y byd i mi. Cyfyd ei ddelw yn fyw i'm cof wrth ysgrifennu, a mynych yr adroddaf wrthyf fy hun yr ymddiddan a gymerodd le yno flynyddoedd yn ôl rhwng Cariad a minnau. Cofiaf fy ngeiriau trwsgl i, ac y mae ei hatebion tyner hi wedi eu cerfio yn annileadwy ar lech fy nghalon. Ond er cofio, ni chaiff neb yr hanes gennyf, ond fe allai fy mhlant neu'm hwyrion yn y dyfodol pell; canys y mae rhai pethau mor gysegredig fel na sieryd neb ond y ffôl amdanynt tu allan i gylch cyfrin ei deulu. Digon i ti wybod, ddarllenydd caredig, i ddau ddyn ieuanc, y dwthwn hwnnw, gyflwyno eu bywyd, un i ofal y llall, ac i minnau wneud adduned, yr hon ni thorrir, mi obeithiaf, ond gan law oer angau, i garu ac ymgeleddu rhag pob cam a niwed, rhag pob trallod a drychin, un o ragorolion y ddaear!

A phan aethom i mewn i'r tŷ, a dywedyd wrth Elen, bu Elen yn chwerthin rhwng ei dagrau, ac yn dweud ei bod yn gwybod ers llawer dydd mai fel hynny y buasai pethau yn troi mas. Ac yna aeth Elen a Chariad gyda'i gilydd i ystafell arall, ac yr oedd yn hawdd deall pan ddaethant allan iddynt fod yn wylo, fel y gwna gwragedd pan fyddo'n adeg o lawenydd mawr. A phan ddaeth amser te, yr oedd Elen wedi parotoi "wishgon" fawr o gramboithau moethus, a dywedwyd wrth y plant y gallent fwyta faint fyd fynnent, heb fwyta bara menyn gyda nhw; oherwydd fod 'nwncwl Abertawe a Chariad yn mynd i briodi yn yr haf.

Ar ôl te, dywedais nad oeddwn yn dychwelyd yn ôl i Abertawe y noson hono, ond yr aroswn dros y Sul ym Mhlas Newydd, er nad oeddwn wedi bwriadu gwneud hynny o'r blaen. Ond dywedodd Cariad wrthyf fod yn rhaid i mi ddychwelyd, ac na wnaethai hi mo'r tro i esgeuluso bywoliaeth er mwyn pleser, ac addawais innau i ddychwelyd os deuai hi i'm hebrwng, gyda Tom y Waginer, yn y car. Wedi hynny, aeth Cariad a finnau—fraich ym mraich—allan i'r ardd, a daeth Gwilym a Benni Bach ar ein hôl, ac aethom i'r llwyn arel drachefn, a bu Benni yn canu'r gloch a Gwilym yn cyhoeddi gostegion priodas. Ni welwyd mewn un lle o fyd gwmni mor llawen â ni, ac yr oedd ein crechwen yn gwneud i'r adar bach oedd yn dechrau cysgu ar ganghennau coed yr ardd i ganu "twit twit" cysglyd rhwng hun ac effro. A phan ddaeth amser cychwyn, daeth Gwilym a Benni i'n gweld yn esgyn i'r car, oblegid rhoddodd Elen ganiatâd iddynt i aros ar lawr yn hwy nag arfer—a phan gychwynasom, Cariad a fi y tu blaen, a Thom y Waginer y tu ôl, y geiriau olaf a glywsom oedd, "Gwt neit, 'nwncwl a 'nanti," oddi wrth Gwilym a Benni. Daethom i'r stesion yn llawn hwyl, a gwasgais haner coron i law Tom y Waginer—ond yr oedd Tom, erbyn hyn, wedi clywed yr hanes, a derbyniodd yr ail galennig heb geisio gwneud esgusawd, ond meddai yn ddrygionus:

"Beth yw hwn, syr? Arian i dalu'n nhrên i ddŵad i weld Marged?"

"Ie, ie," atebais gan chwerthin, "a gore i gyd pwy gynta, neu mi fydd yn rhy ddiweddar; wath mae llawer yn rhedeg ar ôl Marged yco."

"Os e'n, wir?" gofynnai Tom, "Wel, peidwch â synnu, syr, os gwelwch chi fi lawr yco un o'r dwarnode nesa' 'ma, wath, ar lw, syr, chewch chi a Miss Bifan ddim mynd wrthoch eich hunen i glwb y rhacs."

Yna cafodd Cariad a minnau bum' munud felys gyda'n gilydd, ac addawais ddod i'r lan yn fynych i'w gweld. Ac yna daeth y trên, ac o'm llwyr anfodd gorfu i mi gychwyn tua Abertawe, gan adael Cariad yn edrych yn hiraethlon ar fy ôl .

Pennod XII
Ar ôl Llawer o Ddyddiau

Y mae llawer blwyddyn wedi dianc oddi ar y digwyddiad diweddaf a gofnodais. Nid yw Cariad bellach yn byw yn y Tŷ Prydferth gerllaw Llangoediog, oblegid unwyd hi mewn glân briodas yn Salem yr haf canlynol â John Davies, M.D., o Abertawe. Am beth amser buom byw yn yr hen dŷ yng Nghadog Street, a bu Marged yn gweini arnom hyd nes y ganwyd ein plentyn henaf, merch a alwasom yn "Cariad," er mwyn yr hen atgofion. Wedi hyn, ymadawodd Marged â ni, ac y mae hi a "Tom y Waginer"—Tomos y gweithiwr, fel ei gelwir yn awr—yn byw mewn tyddyn ar dir Plas Newydd, a llond tŷ o blant gyda nhw. Y mae i ni erbyn hyn dri o blant—merch a dau fab—ac os gellir credu eu mam, y nhw yw'r plant glanaf a ffelaf yn y wlad. Dywed fod yr bennaf o'r bechgyn yn gymwys yr un peth â Gwilym, ac y mae'r ieuengaf, yn ei ddiniweidrwydd a'i allu breuddwydiol yn tebygu, meddai hi, i Benni Bach. Beth bynnag am hynny, y mae'r tri o'r farn nad oes neb yn y byd a ddeil eu cymharu â'u cefnderoedd o Blas Newydd. Hwy yw eu harwyr a'u hesiampl, a'u cyngor hwy a ganlynant ym mhob peth. Nid ydym ninnau, chwaith, yn gwrthwynebu y duedd hon, oblegid ni welsom blant yn unman sydd wedi cael eu dwyn i fyny yn well na Gwilym a Benni. Yn hytrach, yr ydym yn gwneud ein gorau i gryfhau dylanwad y ddau ar y plant, a'n huchelgais a'n gobaith yw y tyf ein plant ninnau i fyny yn debyg i'w dau gefnder o'r wlad. Bu llawer yn cynghori Cariad i godi'r plant yn Saeson mewn iaith ac arferion. Dywedwyd wrthi y byddai'r Gymraeg yn rhwystr ar fordd eu llwyddiant, ac na fyddai iddynt byth gael gwared ar yr acen Grymreig, os mai yr iaith honno a ddysgent yn gyntaf. Ni wnâi Cariad ateb rhyw lawer, ond y cyntaf peth a ddysgodd i'r plant ei adrodd oedd llinellau Ceiriog, wedi eu newid ychydig,

Fy mhlentyn bach, tyrd yma
Ac ar fy neulin dysga,
Iaith dy fam yn gynta'r un
Ac wedyn iaith Victoria.

Ac ni chewch well Cymry bach yn yr holl fyd na phlant Doctor Davies, Bro Dawel, Abertawe. Y maent, yn wir, yn gallu deall a siarad a darllen Saesneg mor rhwydded a'r Gymraeg, a meiddiaf ddweud ei fod yn well Saesneg nag a glywir o eneuau llawer o'r Cymry hynny sydd heb ddysgu'r Gymraeg. Gan eu bod yn deall eu heniaith, y maent hefyd, pan yr ymwelant â Phlas Newydd a'r Tŷ Prydferth yn yr haf, yn gallu gwerthfawrogi cymdeithas eu perthnasau, ac yr wyf yn gobeithio y deuant i ganfod ac i ymfalchïo ym phrydferthwch a swyn y bywyd Cymreig, pan dyfant i fyny, fel eu mam a'u tad. Hyn a wn yn sicr. Ni fuasent wedi gallu gwneud ffrindiau â'u dau gefnder mor gynted oni bai am eu llwyr Gymreictod, canys ni allai na Gwilym na Benni ymddiddan yn rhwydd yn Saesneg cyn iddynt gael eu danfon i'r Ysgol Ramadegol.

Balch ydwyf heddiw, gan hynny, fod fy mhlant wedi meddiannu, er yn ieuanc, ddwy etifeddiaeth deg. Deallant ffrwyth athrylith Shakespeare a Milton; ond teimlant hefyd ddylanwad melys Pantycelyn a Cheiriog. Pan y cyrhaeddant oedran gŵr, byddant yn gynefin â iaith masnach a iaith y byd; ond byddant hefyd yn gallu siarad â'u 'newyrth a'u 'mobryb yn eu hiaith eu hunain, a gwybyddant y ffordd i ddefnyddio'r unig allwedd a egyr y porth sydd yn arwain i'r wlad hyfryd, lle ceir y Mabinogion a Dafydd ab Gwilym, a hanes, a chyfrinion calon, eu cenedl eu hun.

Fel yr oedd y teulu, a'm gwaith, yn cynyddu, symudasom i dŷ mwy yn y dre, yr hwn a alwasom yn Fro Dawel. Cynghorodd llu o'n cyfeillion ni i beidio mynychu Ebenezer mwy, ond i daflu ein coelbren, o hyn allan, gyda'r achos Seisnig.

Ond ni allwn, rywfodd, ymadael â'r hen gapel, lle y dychmygwn ambell waith y gallwn weled unwaith eto yr Hen Ddoctor yn y pulpud a chlywed ei lais lleddf yn llefaru. Er nad oedd dim hen atgofion fel hyn gan Gariad, teimlai hi yn gryfach ar y pwnc na myfi. Dywedai hi na allai addoli ond yn iaith ei mebyd, ac na allai fwynhau hyd yn oed brofiadau'r Salmydd ond yn Gymraeg. Ambell i noson pan y byddem i gyd o gylch y tân, byddai'r wraig yn cael hwyl garw, ys dywed gwŷr y Gogledd, wrth ddweud y drefn ynghylch hyn.

"'Dall Cymro ddim addoli ond yn Gymraeg," meddai, â lliw'r rhosyn yn gwrido ei gruddiau. "Odi e'n werth rhoi Ann Griffiths i fyny er mwyn cael Mrs. Alexander? Neu Williams Pantycelyn er mwyn Cardinal Newman? Neu Tomos Lewis, Talyllychau, er mwyn Watts? A yw Parker gymaint yn well na Herber? Neu Doctor Pentecost na Doctor Saunders?"

Ac ni fyddai neb yn gallu eu hateb pan fuasai'r dwrn bach ar lan, a'r llygaid siriol yn goleuo gan frwdfrydedd.

Aros yn Gymreig yr ydym wedi wneud, gan hynny, ar hyd y blynyddoedd, ac yr ydym yn taer erfyn yr erys ein plant hefyd yn Gymry pur, mewn iaith a moes ac arferion a chrefydd, tra fyddant byw. Prif ogoniant Cymru yw ei Chymreigaeth. Tra yr erys y wlad yn Gymreig ei hiaith a'i hyspryd, y mae gobaith mawr am ei dyfodol. Ond nid cynt y collir y Gymraeg, nag y collir gafael hefyd ar y diwylliant sydd yn hynodi ein gwerin. Nid Islwyn yn unig ymhlith ei bobl sydd wedi dal cymdeithas ag "angel y dyffryn ac awen yr Afon," ond pan gilia'r Gymraeg, lleda yr angel ei adenydd, a'r afon nid edwyn mwy ei hawen. Cyll anian ei llais; try Paradwys yn ddiffeithdir gwyllt, lle ni thyf ond drain a mieri. Y blodau ni fyddant, fel y cana ein beirdd, yn "sêr gloywon y llawr," ond porfa ych a dafad. Cerdd eos ni fydd ond sŵn i oglais clust, fel crwth mewn tafarn. Y fwyalchen a'r deryn du, ni fyddant ond lladron yr ardd, ac ni ddanfonir hwynt yn llatai at Forfydd neu Ddyddgu. Y dydd ni fydd ond amser bwyd a gwaith, a'r nos ni fydd ond amser gorffwys. Y bugail a'r gweithiwr, ni chlywant, yn nhrigfannau tawelwch, sibrwd o'r wlad tu draw i'r llen. Diflanna prydferthwch a barddoniaeth bywyd; ac ni fydd y Cymro, heb hanes iddo na gobaith, yn ddim gwell na pheiriant cywrain i ddatblygu cyneddfau materol y wlad.

* * *

Meddyliais, ar y cyntaf, roddi rhagor o hanes fy neiaint, Gwilym a Benni Bach, ond mae fy ngorchwylion yn cynyddu o hyd, ac y mae fy amser yn brin. Pan gaf egwyl, ac os bydd hyn o ysgrif yn ddiddorol neu yn adeiladol i'm cyfeillion—oblegid ni ddisgwyliaf y darllenir hi gan neb arall—rhoddaf, fe allai, rywbryd eto, ragor o hanes y ddau. Y maent, erbyn hyn, fel y dywedais, yn yr Ysgol Ramadegol—Gwilym a'i fryd ar fynd i Aberystwyth er graddio ym Mhrifysgol Cymru cyn cystadlu â'r byd yn Rhydychen, a Benni yn paratoi ar gyfer un o ysgolion meddygol y brifddinas. Hyn a ddwedaf amdanynt—na fagwyd yn un cartref yng Nghymru gyfan decach plant, mwy addawol yn yr ysgol, mwy ufudd i'w rhieni, mwy siriol i'w cydymdeithion, mwy caredig i bawb o'u hamgylch. Y mae iddynt erbyn hyn ddwy chwaer a brawd, a diau gennyf eu bod mor ffel â'r ddau henaf. Ond ni allaf fi deimlo yr un ffordd tuag at eu brodyr a'u chwiorydd ag y gwnaf at y ddau a ddygodd Gariad i'm cartref, a'r rhai a gyhoeddodd ein gostegion priodas yn llwyn arel Plas Newydd. Nid wyf heb gredu weithiau fod Elen a Henri, hefyd, yn meddwl yn wahanol am eu cyntaf anedigion—ond mae cariad rhieni at eu plant yn rhywbeth rhy gyfrin i neb i geisio ei ddiffinio a'i ddosbarthu. Ond gwn fod gan Elen a Henri olwg fawr ar eu meibion henaf, a chredaf yr erys y ddau yn gysur i'w rhieni ac y byddant yn ogoniant i'w gwlad.

*　　　*　　　*

Ni allaf adael i'm hysgrif-bin syrthio o fy llaw heb droi i edrych, am yr ugeinfed waith yn y nos, ar y cymar bywyd a syrthiodd i fy anheilwng ran y dydd hwnnw ym Mhlas Newydd. Beth allaf ddweud amdani? Teimlaf fod cyfoethogrwydd y Gymraeg yn pallu pan geisiaf ddweud y filfed ran o'r hyn yr wyf yn deimlo pan edrychaf ar ei hawddgarwch. "Gwraig rinweddol," meddai'r gŵr doeth, "sydd goron i'w gŵr," ac ni chafodd Lemuel Frenin well gwraig na myfi. Pan fo blinderon bywyd yn fy nirwasgu, y mae ei sirioldeb a'i chydymdeimlad dihysbydd hi yn fy nghysuro. Pan fo llwyddiant yn gwenu arnaf, y mae hi wrth fy ochr i gydlawenhau â mi. Pan y'm bwrir i'r llawr gan afiechyd y mae ei llaw dyner yn barod i'w gosod ar fy nhalcen poeth, ac i lyfnhau y gobennydd garw. Pan wnaf anghofio i bwy y dylwn ddiolch am fy myd da, ac yr af i gredu mae fi fy hunan sydd wedi ennill y cwbl a ddaeth i'm rhan drwy rym fy mraich a disgleirdeb fy athrylith, y mae llais addfwyn, caruaidd wrth law, yn fy rhybuddio i beidio gadael i fy enaid syrthio i drwmgwsg, nac i ymffrostio yn y dydd yfory. O na fuasai gennyf ysgrifbin o aur, na allwn gerfio ei henw mewn llythyrennau o dân ar bob craig yng Nghymru, fel y gallai cenhedlaethau i ddod ei adnabod a'i garu! Hyn sydd tu hwnt i'm cyrraedd, ond hyderaf nad anghofiaf tra fyddaf byw yr adduned a wnes flynyddau yn ôl—i'w chadw rhag pob gelyn a'i hymgeleddu rhag pob tywydd garw. Safle a golud bydol nid oes gennyf i'w cynnig iddi, a da gennyf feddwl nad yw hi yn prisio'r fath deganau darfodedig. Gwyliaf hi rhag pob storom; amgylchynaf hi â chariad na all ond y bedd ei ddiffodd.

Ni allaf fi dalu ond hyn,
Ei charu tra fyddaf fi byw.

DIWEDD

Geirfa

Ais	Asen	60
Ambeidus	Enbyd	58
Amboitu	Oddeutu; ynghylch	40
Bagal abowt	*Astride*	47
Benwan mas natur	O'i gof	52
Briwyd	Drylliwyd, torrwyd	18
Cramboithe	Crempogau	82
Cywain	Cludo	3
(na) Chyffra	Da' i byth o'r fan *Well I never*	78
Demshgyn, demsgyn	Sathru, camu	43
Ddior	Atal, rhwystro	20
Ddyfrio	Dwrdio, dweud drefn	35
Dyseni	Dwsinau	59
Fredych	Cnafon	46
Frochgau	Marchogaeth	45
Ffwrwm	Mainc	17
Ffysto	Curo, cael y gorau ar	3
Gambwlet	Dryll bren tegan	54
Glanach i ti	wfft i ti	69
Gitraments	taclau, *accoutrements*	60
Glôs	buarth, iard	1
Gwaddod	tyrchod	75
Gwaddotwr	tyrchwr, dyn i ddal tyrchod	75
Gwyro	trwsio	36
Gynta	mi wranta i, mi gynta, *I daresay*	67
Ngalasis	bresys, *braces*	55
Hadel	atal	12
Jacoise	stiltiau	33
Los	lodes, merch	16
Llatai	cenadon serch	89

Mynte	meddai, dweud	10
Nouadd	neuadd, cyntedd	5
Our	Aur	42
Pownd	pwll, *pond*	12
Preimin	cystadleuaeth amaethyddol i droi tir	3
Phobo biner	phob un ei frat	11
Rhastal	rhesel gwair	30
Rhewyn	ffos fach	35
Saco	gwthio	78
Sciw	setlo	5
Sticil	camfa	41
Stresol	prysur, *stressful*	1
Syber	glân	78
Syflen	Mefusen	39
Taliedd	Taclus	15
Taro	siwtio	78
Whado	curo	17
Whar	chwaer	65
Wishgon	pentwr	83
Ychryd	cryndod	44

Ar gael gan yr un awdur o www.melinbapur.cymru:

W. Llewelyn Williams

Gŵr y Dolau

Pe gwelsai bardd neu arlunydd hi ben bore yn rhedeg allan i'r clos â phadellaid o geirch yn ei llaw—a'r gwynt nwyfus yn chwarae â'i gwallt ac yn codi gwrid i'w hwyneb... a'i gweld yn bwydo â llaw dirion y fronrhuddyn a'r aderyn y to, ac yn ysgwyd ei ffedog yn wyneb rhyw hwyad daeog neu iâr reibus a'i gyrru ar ffo i'w lle eu hun: pe gwelsai bardd neu arlunydd hyn, meddaf, coronai hi ar unwaith yn Frenhines yr Adar. Ond nid oedd bardd neu arlunydd yn y Gelli, ac ni thynnodd sylw neb ond Leisa wrth fwydo'r ieir a'r adar. Ac ni ddywedodd Leisa ond hyn:

"Dir safio ni! Garw mor ffond o ffowls mae Miss Bowen."

Mae'r gantores ddiwylliedig Gladys Bowen yn dychwelyd o Lundain i aros gyda'i modryb yn Sir Gaerfyrddin. Yno mae'n cwrdd â chymeriadau rhyfedd a hoffus bro Llanelwid: Nat y Gof direidus, Leisa'r llaethwraig, Robin y prydydd hunan-bwysig a Mr. Rowlands y ciwrat chwithig. Ond gan un gŵr yn unig mae calon Miss Bowen...

Yn wleidydd, newyddiadurwr, cyfreithiwr a hanesydd, William Llewelyn Williams oedd un o nofelwyr Cymraeg mwyaf talentog ei gyfnod. Comedi cymdeithasol yw'r nofel hon ac mae'n fynegiant llawn o gariad yr awdur at ei wlad a'i fro enedigol.

MELIN BAPUR

Ar gael hefyd o www.melinbapur.cymru:

Gwyneth Vaughan

Plant y Gorthrwm

"'Onid gwaith anodd iawn yw i fachgen barchu ei fam pan nad yw mewn uwch sefyllfa na chader neu fwrdd yn y tŷ, neu, os mynnwch, un o'r anifeiliaid oddi allan?"

Y flwyddyn yw 1868 ac am y tro cyntaf mae cyfran fawr o ddynion Cymru'n cael pleidleisio mewn etholiad. Ond mewn oes pan oedd pleidleisio'n gyhoeddus, beth fydd y canlyniadau i'r sawl sy'n bwrw pleidlais dros ryddid a chyfiawnder ac yn erbyn y drefn?

Wedi'i hysgrifennu'n wreiddiol yn 1905, *Plant y Gorthrwm* oedd ail nofel Gwyneth Vaughan ac hon o'i holl nofelau yw'r mwyaf gwleidyddol, a'r un sy'n dadlau gryfaf dros bawb sy'n cael cam: boed hynny oherwydd eu daliadau, eu dosbarth cymdeithasol, eu cenedl neu eu rhywedd. Dyma un o nofelau mawr ei chyfnod yn yr iaith Gymraeg, gan awdures sy'n haeddu ei chyfri ymhlith awduron blaenaf yr iaith.

"Deil [nofelau Gwyneth Vaughan] gymhariaeth â llawer ystori a fu'n dra llwyddiannus yn Lloegr, a rhagorant y tu hwnt i gymhariaeth ar y chwedlau Saesneg am Gymru a ysgrifennwyd gan Saeson neu Gymry Seisnig."

—T. Gwynn Jones

MELIN BAPUR

Ar gael hefyd o www.melinbapur.cymru:

Gwyneth Vaughan

Cysgodau y Blynyddoedd Gynt

"I'r hen Gymry gynt, un o arwyddion y nefoedd ydoedd, yn dangos y dyfodol iddynt. Os byddai'r goleuni yn wyn, disgwylient hwy ddiwygiad crefyddol grymus, ond os goleuni coch fyddai, yna heb os nac oni bai: rhyfel oedd yn arwyddocau."

Sgweier cyfrwys sy'n ceisio rhwydo'r bonheddwr ifanc; y ferch ifanc sy'n hiraethu ar ôl ei chariad; yr etifeddes ddiniwed sy'n wystl i gynlluniau ei thad; yr ysbrydion rhyfedd sy'n rheibio'r plwyf; y blaenor call; yr hen wraig ofergoelus; ac wrth gwrs, y Sipswn, sy'n cyslltu'r rhain i gyd gyda'i gilydd—ac sydd â llawer mwy iddynt na'r golwg...

Wedi'i hysgrifennu'n wreiddiol yn 1907, Cysgodau y Blynyddoedd Gynt oedd trydedd nofel Gwyneth Vaughan ac mae'n ymddangos yma ar ffurf cyfrol am y tro cyntaf erioed, a gyda rhagymadrodd gan Rosanne Reeves. Dyma hanes gyffrous o ddirgelwch a rhagrith, o oddefgarwch ac o faddeuant; ond gyda'r nofel hon hefyd cofnododd Gwyneth Vaughan ystod helaeth o ofergoelion a thraddodiadau Cymry'r gorffennol, o'r Aderyn Corff i gyfarfodydd barddonol.

"Mae ymddiddan y bobl gyffredin yn ddiddanwch pur. Maent mor naturiol ac mor Gymreig..."
—*Mari Ellis*

MELIN BAPUR

MELIN BAPUR

www.melinbapur.cymru

Dilynwch ni ar:

X (@melinbapur)
Facebook (@melinbapur

Milton Keynes UK
Ingram Content Group UK Ltd.
UKHW021107150624
444042UK00006BB/51